ねみみにみみず

東江一紀
越前敏弥 編

作品社

Contents

訳介な仕事だ、まったく　139

冬来たりなば春唐辛子　159

小売りの微少　185

寝耳に蚯蚓 199

待て馬鹿色の日和あり 227

こういう者です

東《あがり》江《え》一《かず》紀《き》

才気陥没　拙訳誤訳　恥は書き捨て横文字立てて
財布旱魃　青息吐息　立たぬ身過ぎを何としょう
妻子癇癪　台風一過　愚痴も恨みもみな聞き流し
大器晩酌　開封日課　あした花咲け今宵はニッカ

執筆は父として
はかどらず

わたし、塀の中の懲りない訳者です

わたし、今、地獄の二丁目にいる。

二丁目十九番地。

二丁目が三十四番地まであって、地獄は六丁目まで続く。

いいえ、いいえ、ダンテ描くところの高尚な地獄などではなくて、ただの締切り地獄です。諸々の事情が重なり、この二月から八月までの七か月間に、ミステリー四冊、ノンフィクション二冊、それも長めのやつばっかりで、四百字詰め原稿用紙に換算して総計七千枚弱、翻訳しなくてはいけないはめになった。

月千枚です。むちゃだよなあ。たぶん平均が、まあ月産二百枚から三百枚というところで、それだって、土日も祭日も休まず、一日十二、三時間働いて、ようやく達成できる数字なのだ。

どれかあと回しにできないかと考えてみたが、六冊とも、もうぎりぎりのところまで来ている。いや、それより、すでにあと回しにしている本が、ほかに七、八冊ある。

どれか放り出せないかとも考えてみたが、六冊とも、おっかない取り立て人、じゃない、編集者がにらんでいる。それに、放り出せる本はすでに全部放り出してしまった。

八方ふさがりが六冊で、四十八方ふさがり。できてもできなくても、こりゃもう、やるしかない。だいたいが、わたし、こういう状況のときに、腰を引くよりは、アドレナリンをたぎらせるたちなんです。もしかすると、単に腰がぬけて、座り小便しているだけかもしれないが……。

というわけで、一念発起、一意専心、猪突猛進、乾坤一擲、委細面談、地獄のワーカホリッキングライクチックフルネスリー生活に突入する決意を固めました。七か月間、わき目もふらずに働きまくるのだ。言うなれば、長期ひとり合宿。執行猶予なしの自主懲役。

現在、その刑期を二か月半ほど務め、一冊めのリーガル・サスペンス千六百枚をかたづけて、二冊めの第十九章を訳しているところ。それがつまり、地獄の二丁目十九番地ということでして、いやはや、長ったらしい説明でごめんなさい。果たして、わたしは六丁目まで行き着けるのでしょうか。

最初の一、二週間はつらかったですねえ。もともとが、年中無休、朝から晩まで営業、「あいてよかった」のコンビニエンス就労体制をとっていたわたしなので、それ以上働こうにも、労働時間の〝予備〟がほとんどない。泣く泣く、就寝前の読書時間をそっくり仕事時間に替えました。本を読むのだって、半分以上は仕事なのに、それもできなくなるとは情けないよなあ。それから、週三回の水泳もやめてしまいました。ついには、散歩さえしなくなりました。必然的に、散歩の目的の九十七・五パーセントを占めていたパチンコも、ぷっつりやめちまった。

あとはもう、やけです。飲み会の誘いも全部断り、大事なパーティーもすっぽかし、親の死に目にも会えず（これはまあ、親がまだ生きているという事情に負うところが大きいが）、日がな第二サティアンに引きこもって、翻訳出版界の雲隠れ尊師と呼ばれるまでになった（うそ、うそ）。

そんな自主懲役生活で、今、何を翻訳しているかといえば、これがなんと、洒落《しゃれ》にもならない、プリズン・サスペンス。

そう、光を当てると七色の虹ができちゃうあれですね、って、違う、違う、それはプリズムでしょうが（自分でボケて、自分でツッコむのって、すごくむなしい）。

そうじゃなくて、箱根は奥湯本にあるという「プリズン・ホテル」（行ってみたことはないけど）のプリズンです。〝巣鴨プリズン〟のプリズンと言ったほうが、わかりやすいか。つまり、刑務所。

テキサス州にある二千五百名収容の大刑務所で、囚人が暴動を起こすってお話だ。

二年前の『ストーン・シティ』で罵詈讒謗を浴びながら、またまた刑務所小説を引き受けるなんて、わたしはほんと、塀の中の懲りない訳者ですね。刑務所の何が、わたしを引きつけるのか。というより、わたしのどこが、刑務所を引き寄せてしまうのか……。

グリシャムの『処刑室』に刑務所が出てきたときも、読んでてふるさとに帰ったような気になりました。ところで、『処刑室』で、白石朗さんは〝舎房〟という訳語を使っている。原語は〝cell〟じゃないかと思うのだが、〝舎房〟って、なかなか雰囲気出てるよなあ。でも、手もとの国語辞典には、そういう見出し語がなくて、わたしは今のところ、〝監房〟で通している。今度白石さんに会ったら、出処をきいてみよう。

アメリカの刑務所というのは、しかし、すごいところだ。ほとんど自治体ですもの。安部譲二さんがカリフォルニアの州立刑務所に体験入所した『懲役の達人』という迫力満点のドキュメント本があるが、それを読んでも、あちらの小説に出てくる刑務所がけっして作り物じゃないことがわかる。

看守と囚人は、単に立場というか、役目が違うだけで、基本的に対等の関係にあるらしい。だから、囚人がやたら自己主張するのね。死刑が廃止になった州では、当然、終身刑囚が多くなるから、仲間どうし〝クラブ〟を作って、長い余生を退屈せずに過ごすためのさまざまな権利を確保しようとする。

財力のある囚人は、広い監房を買い取ったり、改装したりすることもできるようだ。囚人間の結婚や養子縁組（もちろん、男と男で）もある。所内で造られた地酒や地菓子（?）で、パーティーが行なわれたりもする。娑婆《しゃば》では、家族制度とか社交とかに縁がなかった犯罪者たちが、ここでは割と安定した社会を営んでしまうのだ。

わたし、ふと思うのだが、そういう〝開かれた〟刑務所なら、ワープロの持ち込みも許されるのではないだろうか。それに、編集者からの電話もかかってこないだろうし……。なんだか危ない心境のきょうこのごろでござんす。

♪シャボーという名の〜あなたを訪ねて〜

わたし、まだまだ塀の中にいて、地獄の三、四、五、六丁目をよたよたと千鳥足で徘徊いたしております。

つまり、四冊の本の翻訳が同時進行中で、というより、催促されるごとにあっちに手を付け、こっちに戻りと、必死にジャマイカを、じゃない、キューバをしのいでいる状態で、日々ぎりぎりの崖っぷち、冷や汗のかきどおしなのだ。せわしいったらありゃしない。

でも、まあ、この自主懲役生活も五か月めに入り、身も心もすっかり囚われ人となって、一種の安定状態ではありまする。あんまりつらく感じないのね。あたりまえのように刑に服し、罪を償う毎日だ（なんの罪だろう?）。ただし、作業の能率はどんどん落ちてきていて、このところ、ノルマの月産千枚には遠く及ばない。要するに、わたし、ただ弛緩しているだけなのでしょうか。

その弛緩を見透かしたように、ある翻訳権エージェント氏が「仕事で近くまで来たので」と、わが舎房に立ち寄った。あ、そう、そう、この舎房って言葉ね、小嵐九八郎さんの『刑務所ものがたり』（文藝春秋）に出てきました。以来、仕事場を舎房と呼ぶことにして、「シャポーって、フランス語?」と妻にからかわれてます。♪シャボーという名の〜あなたを訪ねて〜、って歌もあったな。

おっと、くだらん洒落を言ってしまった。この部分、目をつぶって読んでください。

で、そのエージェント氏の来訪をですね、囚人は刑務所特製の粗コーヒーで接待いたしました。言うなれば、娑婆から来た面会人だな。ひとしきり雑談に興じた。エージェント対翻訳者だから、当然、業界の話、本の話が中心になる。関心のある分野の新刊が話題にのぼると、こちらもついつい膝を乗り出してしまうのだが、だめ、だめ、今の境遇を忘れちゃいかんよ。つい十日ほど前に、油断したすきを突かれて、長い長い国際謀略小説を引き受けたばかりじゃないの。その前の週には、ようやく訳し終えた地獄の二丁目原稿を届けに行き、打上げの酒を飲んで、ほろ酔い気分で、シリーズもの二冊をほいほい引き受けちまった。一冊終えるごとに三、四冊新たにかかえこんでたら、未訳本の山が高くなるばかりだろうが！

というわけで、何点もの話題作のタイトルを、わたしはまるで耳が遠くなったかのように聞き流し、かわりに、脳裏に深く刻みつけたのだった。いやあ、拷問ですよ、これ。

とにかく、「読ませて」と言いたくなるのを懸命にこらえて、わたしは面会時間を乗り切った。そして、エージェント氏が立ち上がる。わたし、玄関まで見送る。

「実は、読んでいただこうと思ってた本があったんですけどね」と、帰りがけの刑事コロンボみたいにエージェント氏が言う。やな予感。「お忙しそうだから、またにしましょう」ほっ。そうしてくれると、助かるなあ。暇になったら、何冊でも読むからさ。「でも、本は置いていきますね」こら、こら、置いてかないでよ。「読まなくても結構ですから」そんなこと言ったって、こっちは困るんだけど……おーい、あららら、行っちまった。

正面切って読んでくれませんかと頼まれると、断わりやすいのだが、読まなくていいと言われて本を預けられたりすると、妙に責任を感じます。自分が読むことによってこの本を幸せにしてやれるんじゃないかと、ヒロイックな気持ちに襲われるのね。

でも、今のわたし、目いっぱい仕事をかかえた自主懲役の身の上だ。ここで原書を一冊読んで、もしつまらなかったら、貴重な時間をむだにすることになる。もしおもしろくても、これ以上翻訳を引き受けるわけにはいかない。いずれにしろ、読んで得することは何もないのだ。

てなわけで、せっかくだけど、この本は読めません。ま、表紙ぐらいは見ようかな。へえ、〝愛の力についての奇跡に満ちた小説〟だって。少年が肩に鶏をしょってる。ふむふむ、中身は、と……百五十ページしかない。翻訳原稿にして、四百枚弱。〝空が見ていることを、少年は知っている。何を見ようとしているかも、知っている。長い時間、少年は戸口に立って耳を澄ませ、ドアのすきまから空を眺める……〟おい、おい、訳し始めてどうするんだ！

これがいかんのだよな。横のものを見ると、すぐ縦にしたくなってしまう。こないだも、横断歩道をついつい縦断して、ダンプカーに轢《ひ》かれそうになりました、って、そりゃうそだけど、原書を目の前に差し出されると、淫蕩な血が騒ぎ出してしまうというこのビョーキこそが、今の懲役生活を生み出したそもそもの罪状ではないか。うーむ、更生への道は遠く険しい。

これは、しかし、どうもわたしだけじゃなさそうです。前号のこのページを読んだ同病の同業者、いや、同業の同病者（どっちでもいいか）伏見威蕃さんから手紙が来て、やっぱり自縄自縛の〝めちゃすけじゅーる〟に苦しんでいるという。よし、それじゃあ、というんで（この辺が、ちと論理性を欠いているのだが）、同病の友を募って、《翻訳者プリズン・クラブ》を結成することになりました。くそ忙しいと言いながら、こういう話になるとすいすい運んでしまうところが、ビョーキのビョーキたるゆえんだろうか。

このクラブの入会資格は、上下本を訳した実績があること、太陽の光を浴びる時間が一日二時間未満であること、働きすぎで世間から白い目で見られていること、総会開催の折には各自の属する刑務所からただちに脱獄してくること、であります。条件を満たす翻訳者の皆さんは、むだな抵抗をやめて、いさぎよく自首するように。

伏見さんが牢名主になって、第一回総会の準備を進めているところで、ひょっとするとその総会がいきなり解散集会になったりするかもしれないけど、まあいいじゃないの。自主懲役生活者に、失うものはない！

一瞬、ふふふ……二瞬めに、むむむ……

春先からがしがし働いてきた報いでしょうか。そろそろひと息、いや半息入れたいなってときに、三冊の本のゲラがいっぺんに出てきて、否応なく校正・あとがき地獄に突入してしまった。

普通なら、本作りのいよいよ最終段階ということで、結構心はずむ作業なんですけどね。三冊分のゲラに連続して手を入れ、三冊分のあとがきを連続して書くとなると、さすがにちと苦しい。おまけに、べつの三冊を並行して翻訳中で、ついでに、もう一冊リーディング中で、計七冊のストーリーや人物が頭のなかをぐるぐると駆けめぐり、第二次大戦後のウィーンに金門橋と九竜城と五番街が出現して、エア・ジョーダンを履いたネルソン・マンデラが毛沢東と獄中革命の相談をしているありさまなのだ。

まあ、校正は、まだいい。自分が訳した作品だとはいえ、基本的に本を〝読む〟作業だものね。数か月前の自分の奮闘の跡を、覚めた読者の目で眺めて、「ふふふ、あたしってば」と、かたわらのコーヒーカップに向かって顔を赤らめたりする楽しみもある（べつに、赤らめなくてもいいんだけど）。

問題は、あとがきです。手間がかかるんだ、これが。なにせ、あとがきには原文がない。そりゃそうだよな、〝訳者あとがき〟なんだから。版元によっては〝解説〟ともいうが、やることは同じ。訳者が作品について、あるいは作者について、ぐだぐだと、あることないこと（あることばかりじゃ、ページが稼げない）、知ってること知らないこと（知ってることばかりじゃ、箔が付かない）、思ってること思ってないこと（思ってることばかりじゃ、商売にならない）書き連ねるという趣向ですね。

ふだん、原文をにらみながら、辞書を引きまくりながら、うんうんうなって、やっとこさ日本語をひねり出すという仕事を、明けても暮れてもやっている身なので、原文なしに日本語だけ綴《つづ》れと言われると、あたふたしてしまう。情けない話ではありります。

それでも、わたし、時間の余裕さえあれば、その〝あたふた〟を楽しめる口だ。ときどきは、脳内のいつもとちがう回路を使ったほうが、老化防止のためにもいいような気がする。〝使い捨て回路〟はいけません。

ま、とにかく、あとがきを書くためには、通常と違うモードにならなくちゃいけないわけで、そのモードの持続時間ちゅうものが、スペシウム光線みたいに限られてるのね。

ある詩人が、昔、「朝ごはんを食べる前の、意識の剝離状態みたいなものをそっくり言葉にできれば、そうとうおもしろい詩が書けそうだが、ごはんを食べてしまうと、胃が腰を据え、あたりが見えだして、人間は〝正気〟のくさりにつながれてしまう」というようなことを言っていて、わたし、ふ〜むとうめいた覚えがある。

いや、つまりね、翻訳という作業は、どう考えても朝ごはんのあとにやるものだと思う。胃袋を落ち着けたうえで、じっくり、ねっとり、むっつり、こつこつ、じめじめ取り組むべき質のものである、と。たとえ原文が狂気の筆で書かれていたとしても、それを日本語に写し取る工程は、断じて〝正気〟でなされるべきでありましょう。

翻訳者というのは、そういう〝正気〟のくさりにつながれた、じつに小心な、みみっちい、面目ない職業表現者であって、表現界のずっと風下のほうに、ちまちまと棲息している種族なのだった。なんだか論旨がねじれてきたけど、要するに、あとがきを書くのは、翻訳者にとって、非日常的な、一種の〝お祭り〟行為だということが言いたかった（ような気がする）。

もうひとつ問題なのは、いえ、問題と言っても、べつに取り立てて書くほどの大問題じゃなくて、ぜひとも皆様にお聞かせしたいほどの中問題でもなくて、実にまあ枝葉末節の、気にするのもばかばかしいようなフォーク、じゃなくてナイフ、じゃなくて瑣事なので、読者諸兄にはすっと読み飛ばしていただきたいのだが、それはつまり、このあとがきを書くという仕事がですね、なんと**ただ働き**だっちゅうことだ。

あっ、つい倍角文字のキーを押してしまって、申し訳ない。いえ、いえ、わたしはなにも、現行の制度に不満を申し述べようとか、業界の慣習にたてつこうとか、そんな大それた意図をもって発言しているのではなく、風下に住まう無力な民のひとりとしてですね、職務遂行上のごくささやかな疑問点を、声を㊛にして、ぽろっと洩らしちゃっただけで、意見とか提言とか、そういう筋の通ったものですらなく、ただ単純に、訳者あとがきは何枚書いたって、**原稿料を一銭ももらえない**という、あっ、また倍角になってしまったけど、べつに高らかに訴えようなどという底意があるわけじゃなくて、客観的な事実をそうっと、控え目につぶやいていると、まあそういうことなんです（どういうことだ？・）。

わたし、前に一度、校了間際に病気で倒れた先輩訳者の代わりに、あとがきだけ書かされたことがある。そのときもらった原稿料が、思ったより高額で、一瞬ふふふと頬がゆるんだが、二瞬めには、むむむと股間に、じゃない、眉間にしわが寄った。

他人の訳書にあとがきを書くと、原稿料がもらえる。自分の訳書にだって、他人があとがきを書くと、その人に原稿料が支払われる。自分の訳書に自分で書いた場合だけ、なんにももらえない。その訳書の印税のなかに、あとがきの原稿料が吸い込まれてしまうのだ。ふっしぎ〜。

いえ、いえ、労力に見合う報酬をよこせと言ってるんじゃないの（くれるんだったら、固辞はしないけど）。訳者あとがきにはね、作者と作品と読者に対する翻訳者の**無償の愛**が込められているのだということを、ちょっとだけわかってほしいのであった。

ベストセラーにけつまずくまで……

月産千枚なんて、やっぱりむちゃだった。いや、むちゃを承知で、七か月七千枚の自主懲役刑に服したのだが、刑期内に仕上がったのは、やっと三千枚。達成率四割三分弱で、横浜ベイスターズの勝率にも及ばない。駒田の打率よりは上だけど、だからといって、わたしがベイスターズの五番を打てるわけではない。シャネルの五番だって無理だ。神楽坂「五十番」の肉饅なら、なんとかなる。

などと、わけのわからんことを言っている場合ではない。七か月で六冊訳し終える予定が、まだ三冊残っていて、刑期の延長を重ねつつ、余罪を追及されているきょうこのごろなんである。

目いっぱい働いたんですけどねえ。

朝は小学生の娘といっしょに起きて、そそくさと舎房に出勤し、昼飯も晩飯も運んでもらって、ワープロの前で約十三時間。家に帰ると、アルコールを補給しながら、ラップトップ・ワープロの前でさらに三時間。充分に酩酊したところで、死んだように眠る。

そんな生活を、休みなしに七か月続けて、やっとこさノルマの四割強をこなしたってわけで、わたし、もう限界です。

ときどき、頭が破裂するんじゃないかと思った。あまりに仕事が進まないんで、夜中にはっと目覚めて、冷や汗をびっしょりかいていることもあった。一度、ぎっくり腰をやって、くそ忙しいのに整体に通ったりもした。市が無料でやってくれる健康診断を受けたら、コレステロール値が標準以下なのに、中性脂肪が標準上限の六倍あった。

やばい、やばい。これじゃ、過労死一直線だ。吉沢京子だ。あ、あれは『柔道一直線』か。「一条くん、頑張って!」なんか言っちゃってさ。うるせえ、頑張るもんか。わたしは一条直也ではない。桜木健一でもない。

なんだか、わたし、悪い夢にうなされているようでありますが、とにかく、このまま青筋立てて働き続けていると、遠からずぷつんと切れてしまうだろう、という恐怖感を、何度となく胸にいだいたのだった。

そんなわけで、まあ、立ち止まって休むほどの余裕はないけれど、あんまり焦らずに、なおかつペースをなるべく落とさずに、酸素を取り入れながら走り続けることにした。ほんと、酸欠はいけません。

今回の懲役生活でつくづくわかったけど、わたし、まったくもってスピードランナーの資質を欠いてますね。精進潔斎して臨めば、月に千枚ぐらいできる、いや、やらねばならぬ、と、気持ちだけは勇ましかったが、脚が全然ついていかなかった。

スピードもない、馬力もない、それを補う器用さもない。あるのは、一日十六時間労働を何か月も続けて、平気でいられるという鈍さだけ。要するに、わたし、人よりとろいのである。のろいのである。駿馬にはほど遠い、木馬並みのとろさ、木馬並みののろさ。つまりは、トロイの呪いの木馬ということである。なんのこっちゃ。

でもね、自己弁護するわけではないが、文芸翻訳の世界では、それもありじゃないかと思うのだ。みんながみんな、才気煥発型じゃつまんないでしょう。そう、翻訳家はとろくってもいいの。のろくってもいいの。

トロ食って、エビ食って、ウニ食って、そいで、勘定を払う段になったら、トイレに身をひそめていればいいの。

う〜む、今月は、常にも増して錯乱してるなあ。天皇賞は、サクランチトセオーを軸にしようかしらん。

しかし、なんでわたしが、錯乱するほど忙しく働かなくちゃなんないのかってことも、この際、書いておきたい。わたし、趣味でワーカホリックをやっているわけじゃないのだ。仕事は好きだが、仕事と心中するつもりはない。毎度、毎度、〝暇がないよお〟って話でこのページを埋めていることに、忸怩《じくじ》たる思い（はじめて使ったぞ、この言葉）をしているんである。

まあ、ひと言で言えば、食えないってことですね。いえ、いえ、食欲がないという意味ではない。これぐらい働かないと、一家五人、暮らしていけないのだ。箸は十本、筆は一本、衆寡敵せず（はじめて使ったぞ、この言い回し）ってやつだな。

適当に訳書が刊行されて、ときどき雑誌に原稿が載っていたりすると、結構稼いでいるように見えるらしく、休みなく働くわたしに対して、「そんなに儲けてどうするんですか？」などと、心ない揶揄を浴びせてくる人たちがいる。

いや、悪気がないってことはわかってますが、わたし、とってもくやしいです。

もともとが、文芸翻訳というのは食えない商売で、わたしも、それぐらい覚悟して転落してきたのだが、このところ、〝食えなさ〟にどんどん磨きがかかっている。なにせ、翻訳書の初版部数が〝半ころ〟です。つまり、ひところの半分ってこと。

出版点数が、飽和状態を超えてもなお増え続け、従って、翻訳出版界全体は活況を呈しているように見えるのだが、一点ごとの部数は、当然、じりじりと減っていく。

単純に言って、数年前の生活レベルを維持するために、倍の仕事量をこなさないといけない計算になる。

安い、古い、狭い、公団の賃貸アパートに住むわたしの悲願は、〝ひとりひと組の布団〟である。うっかり子どもたちの勉強机を買ってしまったわが家には、三組の布団を敷くスペースしかなくて、そこに五人が無理やり寝ているという現状なんです。

そんな生活を脱却するために、まなじり決して働き続けるわたしの、どこが悪い！

でも、〝脱却〟はかなりむずかしい。〝維持〟すら危うくなってきた。ね、わたしとしては、ベストセラーにけつまずくまで、走り続けるしかないってことになる。

これじゃあ、しかし、〝うだうだ・じめじめ・とほほ通信〟だな。情けない。

確変図柄氏の友情ある勧誘

ネイティブ要らんかね、と、マット・スカダー訳者が言うんである。

このおっちゃん、なんのセールスを始めたのであろうか。売りものがわからないのでは、「間に合ってます」とも言えんし……。

のっけから脱線するようだが、わたし、このマット・スカダー訳者のことを、ひそかに〝翻訳界の確率変動図柄〟と呼んでいる。

と言っても、パチンコをやらない人（そんな人、いるの?）には、なんのことだかわからないだろう。今主流になっているCRフィーバー機は、数字や絵が三つそろうと大当たりで、二千発以上の玉がジャラジャラ出てくる仕組みなのだが、それが特定の図柄でそろった場合、電チュー（電車でチューしているカップルのことではない。電動チューリップの略）の開く確率が大幅にアップして、実質的に以後二回の大当たりが保証される。

それがなぜ、マット・スカダー訳者の呼び名になるのかというと、このおかた、ハードカバーやポケミスで出した訳書が、すんげえ確率で文庫化されるのだ。つまり、一回訳して、二度フィーバーするというわけ。

なんと、その率、五割以上だという。残る四割強だって、ほとんどがこれから文庫化されるタマだ。比べてもむなしいけど、わたし、これまで十五冊のハードカバーを出して、文庫化されたことが一度もない。それどころか、絶版率が七割を軽く超えちゃう。

富は偏在するのである。

で、冒頭に戻るが、その翻訳界の確率変動図柄氏がですね、どうやらネイティブの行商をしているらしい。なんじゃ、それ？

よくよく事情を聞いてみると、ネイティブというのは、氏が数年前から英会話の個人レッスンを受けたり、翻訳上の疑問点を質したりしていたイギリス人のことであった。

このイギリス人、頭文字を取ってSSとしておこう。およっ、今をときめく最強の種牡馬サンデーサイレンスみたいで、かっこいいなあ。でも、こっちのSSは、どうも気弱で、不器用で、しょぼい人物のようだ。

仕事ぶりはていねいだし、まじめでいいやつなんだけど、生活力がまったくないんだよなあ、と、確変図柄氏は言う。それで、見るに見かねて、氏が無償の営業活動をくり広げてやっているところなのだった。

SSはどこへでも参上して、英語や西欧文化についての疑問に答えてくれるし、希望があれば英会話を教えてくれるという。お安くしときますよ、ともいう。ゆっくりしゃべってくれるからさあ、ともいう。

う～む、ぐいぐいと心に食い込んでくるセールストークではないか。なんといっても、異国で心細く暮らす友をもり立てようとする確変図柄氏の熱意が泣かせるし、まじめで生活力のないイギリス人というキャラクターが笑わせる、いや、やっぱり泣かせる。

実を申せば、わたし、生《なま》のネイティブというやつが大の苦手である。火を通したネイティブならだいじょうぶかって、そういう問題ではない。

わたしがどうにか相手にできるのは、字に書いたネイティブだけである。つまり、読むだけね。しゃべるのと聞くのは、からっきしだめ。学生時代に留学を勧められて、びびってしまい、代わりに三回も留年したほどだ。

商売柄、自分が訳した本の著者が来日したりすると、一度は必ず会わされる。これを逃れるには、時期を合わせて海外へ出かけるぐらいしか方法がないのだが、それじゃあ、わざわざ金をかけてネイティブの本場へ乗り込むことになってしまう。

まあ、しかたなく会いますわね。わたし、とにかく視線を合わせないようにする。同席した編集者と、急に関係のない打ち合わせを始めることもある。目が合ったりすると、あいつら、話しかけてきますからね。

いや、逃げ隠れしてもむだである。結局は話しかけられてしまう。いやがる相手に無理やり英語で話しかけるなんて、セクハラではないのか！　義憤を胸にたぎらせながらも、わたしの顔はジャパニーズ愛想スマイルを浮かべている。ほんとは、ひきつって、表情が変えられないだけなんだけど。

こうなったら、猛毒スネークににらまれたケロケロケロッピだ。こっちが何も答えないもんだから、相手は同じセンテンスを何度もくり返す。しかも、わたしをなぶるように、一語ずつ切って発音する。切ってもつないでも、英語は英語だ。わかるわきゃない。

たとえ相手の言うことがわかったとしても、答えを返すなどという業《わざ》は、わたしの能力の範囲を大きく超えている。著者はきっと、「こんなやつに俺の作品を翻訳させといて、だいじょうぶだろうか?」と考えているに違いない(もちろん、英語で)。

かくして、モノリンガルの翻訳者は、青い目や緑の目や灰色の目の著者と黒い目の編集者に、いつも白い目で見られるのであった。ああ、情けないようっ。

というような対ネイティブ戦全敗の記録を持つわたしに、確変図柄氏のセールストークは福音のごとく響いた(ははは、やっと話がつながったぞ)。

とりあえず、わが舎房で月一回行なっている翻訳の勉強会に、SSに来てもらい、四、五人がかりで質問をぶつけることにした。

しばらくはこの形で、日々の翻訳作業で生じる疑問点をかたづけていき、そのうち時間と資金に余裕ができたら、集中的に会話のレッスンでも受けようかともくろんでいる。

いやあ、わたしにもついに、国際派翻訳家への道が開けたというわけである。感無量(ところで、その〝時間と資金〟というやつは、どこから引っ張り出してくるのか?)。

SSは最近、FAX質問回答サービスという新方式を編み出し、慈愛無辺の確変図柄氏が、翻訳者忘年会で数十人の同業者に手作りチラシを配っていた。一問五百円だって。

未来は明るいという気が、少しする。

自主懲役囚のパッキーな休日

うふふ、ようやく仮出所できました。

と、胸を張って言える状態ではない。

七か月で六冊訳了という自主懲役刑に服したのは、去年の二月。ところが、その七か月のうちに訳了できたのは、リーガル・サスペンスとプリズン・サスペンスの二冊だけだった。刑期を一か月延長して、ハードボイルド・エスピオナージュを一冊訳し終え、やっとこさ四冊めの某国大統領自伝に着手。

これを二か月ぐらいですいすいとかたづけてしまう予定が、いやあ、全然進まないの。どうやらわたし、飾り気のない素直な原文というやつと波長が合わんようです。

もがき苦しんでいるあいだに、五冊めのノンフィクションを出版社から引き上げられてしまった。締切りを四か月も過ぎて、取りかかれる見込みさえ立たないんだものねえ。情けないやら、申し訳ないやら。

自伝のほうはずるずると年を越してしまい、二月も半ばを過ぎて、ようやく訳了した。そう、七か月で六冊のはずが、十三か月弱で四冊しか仕上がらなかったのだ。

あと一冊残っているけど、このワーカホリック・モードとは、そろそろおさらばしたい。身が持ちませぬ。

とまあ、白旗あげての仮出所なのだ。

それにしても、この一年ちょっとのあいだ、よく働いたよなあ。土日、祝日、夏休み、冬休み、盆と正月まで返上して舎房へ出勤し、極力出歩かず、本を読む時間を削り、真綿で自分の首を締めるように、じわじわ、ずんずんと囚人化していった。

♪真綿変わりはないですか〜

仕事寒さがつのります〜

などと呑気に歌っている場合ではない。

人生半ばを過ぎたおじさんとしては、これ以上、仕事一色で貴重な時間を塗りつぶしているわけにはいかんのだ。本も読みたい、映画も観たい。妻にも、子どもにも、余裕をもって接したい。しばらく会っていない友人・知人と会って、互いの生存を確認したい。これからの人生に、じっくりと思いを馳せたい。青春したい、哲学したい、豊かな時間を過ごしたい。やりたいこと、やっておかなくてはならないことが、いっぱいあるんです。

というわけで、とりあえず、おじさんはパチンコに行くことにした。いえ、つまり、その、時間は有意義に使わなくてはならぬという強迫観念から逃れるのが、豊かなミッドライフへの第一歩なんだからして……。

いやあ、ご無沙汰ぶりだなあ（どこの言葉じゃ？）。この前パチンコ屋に来たときは、台の右枠に小さな穴があいてて、客は左手で玉を一個ずつそこに入れ、右手でハンドルをはじいていたものだが……って、うそ、うそ。そりゃ三十年前の話だよ。今は、デジタル機全盛の時代です。

あらら、しばらく来ない間に、一般機の人気銘柄だった「冒険島」も「駒駒クラブ」も、ＣＲ機になっちまってる。つまり、「パッキーカード」というプリペイドカードでしか遊べない機械だ。警察もずるいよなあ。連チャンばか当たりの機種が人気を集めると、〝射倖心をあおる〟などという理由で規制するくせに、ＣＲ機だけはお目こぼしで、店の側がカード化せざるを得ないように仕向けている。そして、カードのメーカーが警察官僚の天下り先になっているというんだから、まさにマッチポンプ式。日本という悪しきシステムの縮図がここにある。

と、『噂の真相』で仕入れたネタをもとに、体制への怒りをほんの一瞬だけ爆発させたあと、わたしは一万円のパッキーカード（玉五百円分のおまけ付き）を買い、ＣＲ冒険島の前に座る（闘わないやっちゃなあ）。確率変動図柄でも引き当てて、二、三時間遊ばせてもらい、四、五万円稼ぐというのが、本日の謙虚な（どこが？）目標でござんす。

おや、おや、本を読みながら、台も見ずに打っている学生風のあんちゃんがいる（まじめにやれよな、おい）。かと思うと、右隣りに座ったキャリアウーマン風のおねえさんは、リーチがかかるたびに、台に向かって気合いを入れている（台が畏縮してますよ）。幼児を膝に載せて打っている若いお母さんもいる（子どもの首、締めないでね）。その幼児の兄貴らしいがきがちょろちょろと走り回っている（気持ちはわかるけど、うるさいぞ）。いやはや、最新の電脳賭博機は、実にさまざまな客層を引き寄せているようだ。

しかし、出んのう〜。

ほんの四十分ほどで、わたしめのパッキーカードの残高はゼロになってしまった。おお、一万円分の原稿書くのに、何時間かかると思ってるんだ！

悄然と席を立ちかけると、左隣りのおばさんが、「この台に、三万突っ込んじゃったよ」とつぶやいている。そういえば、あのマット・スカダー訳者は、一日に十二万円負けたことがあると言っておった（パチンコ屋にそんな大金持っていったの？）。う〜む、一万円ぽっちでくじけてちゃ、世の中渡っていけんのじゃなかろうか。そんな弱気だから、訳書が売れんのじゃなかろうか……。ついつい、二枚めのカードに手がのびそうになる。

でもなあ、家に帰れば、病弱な妻と強欲な子どもたちが腹をすかせて待っているのだ。それに、わたし、競馬場に朝から出かけて、十二レース全部に賭けるときでも、総出資金を一万円に抑えちゃうという、超貧乏ギャンブラーなんである。それでなんとか、きょうまで綱渡りで暮らすことができたんである。小心さは、わたしのたったひとつの資産だと言っていい。

そう、我慢だ、我慢。いつか運命の女神が微笑《ほほえ》んでくれる日が来るさ。と、おじさんは肩を落として、たそがれの街に消えていくのであった。「パーラー・ラスベガスに預金一万円」とつぶやきながら。

なんだか、わたし、ワーカホリックをやってるときのほうが豊かな時間を過ごせている気がするのだが、思い過ごしかなあ。

🗨 アナログ中年、デジタルへの変節

デジタル化の波が、翻訳者の仕事場を押し浸しつつある。パソコンを使う人は、もうだいぶ前から使っていて、使わない人はいまだに関心すら示さない。

周りを見渡しても、なんだか、わたしひとりが騒いでいるような気がする。そのわたしも、つい先日まで無関心派だった。

そりゃまあ、Windows 95 の狂乱は気になりましたよ。気になったというより、眉をひそめて横目で見てたって感じでしょうか。

インターネットというやつも、知らぬ間に急速に肥大してきて、その割に正体がなかなかつかめず、いかがわしいやら、うとましいやら、けたたましいやら……。

いたいけな文系中年としては、少なからぬおびえと、反動的な嫌悪感と、ほのかな羨望を持って、遠くから巷の電脳騒ぎを眺めていたわけである。

そんなときに、九年間無事故無違反無遅刻無欠勤で働き続けてきた超タフな愛機キャノワード a 100 が、突如 "ぼけ" の徴候を見せ始めた。なんでもないところでう〜んと考え込んだり、キーをた

たいても反応しなかったりするのだ。

長年連れ添った伴侶が、急に意思の通じない別人格になったような……あ、いや、いや、へたなたとえを使うと、あとで夫婦間に亀裂が生じかねないから、やめとこう。

つまり、さしもの勤勉頑健ワープロも、機械としての寿命をまっとうしつつあるということで、ここはいそいそと新しい伴侶を、じゃない、次世代の若くてぴちぴちした相方を、じゃない、ちゃんと仕事のできる後継の執筆機械を探さなくてはならなくなった。

迷うよなあ。同じメーカーのワープロなら、操作を一から覚える必要がないから、移行によるロスも少ないだろう。どっさり仕事をかかえる身としては、そこがいちばん肝心だ。そのかわり、ワープロ専用機には、将来性も拡張性もない。

今まで横目で眺めていたパソコンのカタログや雑誌を、わたし、俄然縦目（?）で見るようになった。同業の先輩ユーザーに助言を求めるようになった。この時点で、すでにパソコンのネットにからめ取られている。

とどめを刺すように、『パソコンなら仕事が2倍できる』などという本が出ました。十倍とか百倍とかいうんなら、眉につばをつけるけど、二倍だものね。おお、そうか、って気になる。話半分としても、一倍ですよ。あ、一倍じゃしょうがないか。でも、絶好調時のナリタブライアンの複勝馬券並みだ（だから、どうした?）。

面の皮の薄いわたしとしましては、まあ、二倍なんて欲張りなことは言わないから、現在の一・五倍ぐらい、いや、消費税を付けて一・五四五倍ぐらい仕事が進んでくれれば、投資する意味もあるかなあ、と、なんちゅうか、実に恬淡とした気持ちで、**パ、パソコンを導入する決意を固めました！**

って、ちっとも恬淡としてないんですけどね、ははは。要するに、ワープロ専用機を買い替えるかわりに、思いきってパソコンを買っちゃった、と。

Windows 95は操作が簡単だぞという宣伝文句に、ほいほい釣られてしまった、と。アナログ保守反動路線からデジタル時流迎合路線へ、ころっと寝返ってしまった、と。きらびやかな電脳世界からやってきた厚化粧の悪魔に魂を売り渡してしまった、と。ま、そのようなわけで、出所不明のうしろめたさを感じながら、おずおずとパソコンを使い始めてみたんですが、**ど〜こが簡単なんだ！**

おじさんをおちょくってるのか！ ワープロならぴっぴっと二秒でできる作業が、ソフトを起ち上げて、ぐちゃぐちゃ設定をして、ファイルを開いて、と、延々三時間もかかる（そのうち三十分はマニュアルをめくってて、二時間二十八分は同じデスクトップ上で麻雀ゲームをやっているのだが）。

いざ執筆に取りかかっても、捜査をちょっと間違えるごとに〝ブッブー〟と警告音が鳴って、現場を押えられた犯罪者の気分にさせられる。釈明のチャンスすら与えられない（与えられたとしても、どう釈明するというのか）。

保存を怠ったときに限って、ハングアップしてしまい、プログラムの〝強制終了〟などという、まるでナチス・ドイツもどきの作業をさせられることになる。そして、打ち込んだデータはすべて電脳空間の藻くずと消え、泣きながらまた打ち直すのである（笑いながら打ち直したりすると、それはもう、りっぱな別世界の人だろう）。

そんなこんなで、ワープロ専用機だったらやらなくてすむ仕事を、パソコンに替えると、たくさん、たくさんこなさなくてはいけなくなる。そう、〝パソコンなら仕事が2倍できる〟んですね。

もちろん、この場合の〝できる〟は、「今晩、いっしょに飲もうって約束してたけどさあ、急に仕事ができちゃって」と言うときの〝できる〟である。

ほんと、パソコンなら、仕事があとからあとから湧いてくるぞ！　一日じゅう机の前に座って、CPUの言いなりになって働き、それなのに、執筆は父としてはかどらず、母としてかたづかない。

今月のこの原稿が遅れたのも、そういう深い事情があったからで、けっして〝麻雀武蔵〟や〝3Dピンボール〟などにうつつを抜かしていたからではありません。ご安心ください、編集部の皆さん。って、誰も安心してくれないだろうなあ。

パソコンは確かに、いろんなことができる。いろんなことができすぎて、それが本業を滞らせちゃうんである。本業のために導入したはずなのにね。仕事は一倍できればよろしい、と、今になって思います。

デジタルは及ばざるがごとし。

驚異のトリプル・ホリック!!

サイバースペース・ニューカマー症候群、とでもいうんでしょうかね。

ビギナーのくせして、パソコンを手足のごとく操ろうという、身の程知らずの壮図から発したさまざまな変調が、デリケートな中年翻訳者の心と体をむしばみつつある。

まずは、躁鬱症である。わたし、もともと躁鬱のケがあって、ただし振幅の周期が比較的長く、つい先日まで、躁の状態が四十五年ほど続いていた。

それが、パソコン導入以来、目くるめく恍惚至福の境と深い絶望の淵とを、一日のうちに何度も往復するようになった。

なにせ、パソコンというやつは、派手です。画面が派手。パフォーマンスが派手。

ワープロ専用機を長く使っていた身としては、画面に出てくる色なんて、一色じゃ困るけど、白と黒、二色あれば十分だ。三色なら十五分で、十二色なら一時間。

なのに、パソちゃんと来たら、二百五十六色だの六万五千色だの千六百七十七万色だの、むちゃくちゃなことを言っている。ちと過剰が過ぎるんじゃないの?

音だってさあ、べつに〝高品質なサウンド機能〟なんて、わたしゃ追求してないよ。何か緊急事態が生じたときのアラーム音ぐらいで、用は足りると思うんだけどね。

つまり、何もかもが大げさなのだ。ちょっとした操作を無事に成し遂げると、色彩的にも、音響的にも、華々しく、けたたましく、仰々しく報いられる。

例えば、文庫本一冊分ぐらいの翻訳原稿で、「俺」を全部「おれ」に直そうとして、全テキスト置換を実行すると、サスペンスタッチの効果音が流れ、画面が超高速スクロールして、数秒後、ジャンという音とともに、「573個の文字列を置換しました」などというメッセージが表示される。

なんだか偉業を達成した気分にさせられて、座ったまま、しばし陶然としてしまう。

そう、偉業の大安売り。その結果、誇らしさのインフレ↓相対的価値の下落という事態が発生する。たいしたことはしていないのに、心は頻繁に浮き浮きモードになるのだ。

ところが、ほんの少しでも誤操作をすると、パソちゃんはぷいっと顔をそむけてしまう。今まで楽しく仲よくやってきたのに、突然、むくれちゃって、口もきいてくれない。

場合によっては、明らかにパソちゃんの側の手落ちなのに、謝るどころか、話し合いすら拒んで、凍りついちゃったりする。

わがままなのだ、パソちゃんは。

それに対して、こちらは強気に出るわけにはいかない。威嚇も、恫喝も、叱責も、この相手には通じません。ひたすらなだめて、ご機嫌を取るしかない。

みじめなもんです。人生のなんたるかも解さない小娘に、くちばしの黄色いひよっこに、媚びへつらわなくちゃいけないんだから。

この敗北感は、とても大きい。未来へ続いているように見えた道が、じつは蜃気楼に過ぎなかったと知らされたような。これまでの三十五年の人生を、いきなり全否定されたような（こら、こら、こんなところで歳をサバ読むんじゃない！）……。

かくして、上げ底の躁はたちまち下げ蓋の鬱へと転落する。その鬱も、フリーズが解けたとたんに消えてしまい、次の躁も、次のフリーズまでの命しかない。上がったり下がったり、忙しいったらありゃしません。

それから、過換気症の徴候も著しい。何か予想外の事態が持ち上がるたびに、ハードディスクがぶっ壊れたんじゃあるまいか、ディスプレイが爆発するんじゃなかろうか、と、不安が胸を駆けめぐり、それを静めるために、「落ち着け、落ち着け、深呼吸だ」と自分に言い聞かせるので、逆に代謝が亢進して、呼吸困難・動悸・胸痛を引き起こすのだ。

う～ん、書いているうちに、日々寿命を縮めているような気がしてきたなあ。だいじょうぶでしょうか、わたし。

ついでに、マウス依存という情けない症状もある。パニックに陥ると、反射神経が機能を停止してしまい、「ええと、深呼吸だよな、深呼吸。深呼吸って、どこをクリックすればいいんだっけ?」と、なんでもかんでもマウスでかたづけようとするのだ。

うちのマウスに酸素ボンベがインストールされているのは、そういうわけです。って、本気にしないでくださいね。

こうやって振幅の激しい一日を送ると、夜にはもう、心身ともぐったり。アルコールの助けなしには、寝床へ這ってもいけないというありさまで、当然、重度のアルコール依存という症状も加わってくる。

しかし、このアルコールだけは、わたし、ビギナーじゃありません。むしろ、フィニッシャーに近い（どういう意味だ?）。まあ、メインストリームを行く正統派アルコール依存者が、サイバーホリック系ワーカホリックのアルコホリックに進化（?）した、と、そういうことでしょうかねえ。

じつは、インターネットに、アル中度テストをしてくれるサイトがある。埼玉大学の先生のページなんですが、同好の読者諸氏のために、URL（アドレス）を書いておきましょう。http://www.ke.ics.saitama-u.ac.jp/makoto/sake.htmlです。*

結構シビアなテストで、ちなみに、わたしの点数は（何点満点だか知らないけど）五・八。きわめて問題あり（重篤問題飲酒群）という判定が出ました。

なんだかすごそうだけど、次のページの来訪者リストを見ると、わたしよりずっと高得点の人がいっぱい並んでいて、かえって励まされてしまった。これじゃあ、テストの意味がないよなあ。

二十点以上を取ったオンラインの飲み友達諸君よ、もっと体をいたわりたまえ。これからは、バーチャル・ドリンキングの時代だぞ。って、こんなこと言っててもいいのか？

錯乱ぼのおいしい季節です。

＊現在は当該ページなし。

楽天翻訳家、転落にすくむ……

わたし、ヴァーティカルフォビアである。垂直恐怖症。って、普通は言わないか。要するに、高所恐怖症なんです。英語では、アクロフォビアと言うらしい。

高いところと言ったって、富士山の山頂に登るのは、たいして怖いとは思わない。きついから登らないだけで……。家賃の高い家に住むのも、たいして苦痛には感じない。収入が追いつかないから住まないだけで……。

恐怖を覚えるのは、純然たる落差、というか、その落差の持つ位置エネルギーであって、つまり、一定以上の上下幅を持つ垂直な空間を垂直に落下していく潜在的な可能性に対して、わたしは怯《おび》えるんである。

例えば、スキー場のリフトね。大学一年の冬に、はじめてあれに乗ったとき、わたし、十九歳にして人生終わりかと思った。あの背もたれのない椅子に座って、地上五メートルほどの高さまでのぼった瞬間、ここで支えの棒から手を放して、ちょっと上体を傾けるだけで、奈落の底へ落ちていけるのだと気づき、そうなると、やたらに想像力が働きだして、とても平静を保ってなどいられなくなった。頂上に着くまで、なりふり構わず、満身の力を込めて棒にしがみついてましたよ。

それが生まれて二度めのスキーだったが、すっかりおじけづいたわたしは、北海道に七年間住みながら、その後まったくスキーには行かなかった。かわりに、オールシーズン・オールウェザー・スポーツであるパチンコにのめり込み、思えばそこから転落の人生が始まった。物理的な落下を恐れるあまり、精神的におっこちてしまったわけだな。

歩道橋も怖い。一般的に、歩道橋の手すりは低すぎる。あんなもの、その気になれば、ひょいと越えてしまえるではないか。そして、越えてしまったらもう、取り返しがつかないんである。よくみんな平気で渡れるよなあ。

遠回りでも、横断歩道があれば、なるべく地上を歩くようにしている。やむなく歩道橋を渡る場合は、まず深呼吸をして動悸を静め、階段をゆっくりのぼっていって、橋の中央を前かがみに速足で歩く。そのあいだ、呼吸はしない。向こう端までたどり着いたところで、ふうっと息をつき、何ごともなかったかのように階段を下りるんです。

これは疲れる。

鬼門中の鬼門が、飯田橋の大歩道橋群だ。ひとつひとつの橋が長いうえに、最低でもふたつか三つの橋を歩かないと向こうに着かない。あそこを渡るのは、決死の大事業ですね。あの歩道橋群の向こうにあるT京S元社は、わたしにとって、日本でいちばん遠い出版社だと言っていいだろう。Dン・Wィンズロウの翻訳が遅れがちなのも、その辺に原因があるんじゃなかろうか、と、わたしはひそかに推測している。

そんなわたしが、つい最近、〝ヴァーティカル・ラン〟などという小説を訳してしまった。怖かったですよお。ニューヨークにある五十階建ての高層ビルのなかを、主人公がヴァーティカルに走りまくるの。

まず、四十五階のあるオフィスが出てくる。某優良企業の会長室です。ご多分に漏れず、通りに面した側の壁が、床から天井まで全面ガラス張りになっている。これだけで、わたし、わなわなと脚が震えてくる。実際にそんな部屋に入ったら、へたり込んで、机の脚かキャビネットのへりをぎゅっとつかんでしまうだろうなあ。窓のそばへなんか、ぜえ〜ったいに近寄らないぞ。

だって、この一枚ガラスというやつ、体当たりしたら割れてしまいそうなんだもの。と思っていたら、なんと、オフィスの主である会長さんが、ガラスに向かって椅子を投げつけ、大きな割れ目をこしらえて、そこから投身自殺する。引き留めるまもあらばこそ。

四十五階下の路面に達するまで、約六秒。訳しながら、わたし、パソコンの画面から目をそむけちゃいました。そうやって、場面が切り替わるのをじっと待っていたのだが、わたしがその先を訳さないかぎり、会長さんは永遠に落下中のままなのだった。

しかし、人生最後の六秒間の過ごしかたとしては、おおよそ最悪ではなかろうか。だからといって、この六秒間を人生の中途に持ってくるのは、ちとむずかしい。なにせ四十五階ですからね。打ちどころがよくて助かったなどということは考えにくい。

このあとも、物語の舞台は垂直に上下し、後半でついに、ヴァーティカルの極に達する。そう、屋上にのぼっちゃうの。やめてほしかったなあ、これだけは。五十階建てのビルの、五十階のさらに上ですよ。

昔、自分が住んでた四階建ての下駄履きアパートの屋上にのぼったことがあるが、あれでも、わたしにはじゅうぶんに怖くて、へりの近くへはとても行けなかった。

というわけで、そこからの数ページは、わたし、目をつぶって訳しました。いや、目をつぶると、かえって情景が生々しく浮かんでくるので、薄目をあけ、息を殺し、なるべく場面を想像しないようにしながら、うつむきかげんにひたすら突き進んだ。そう、歩道橋を渡るのと同じ要領ですね。

そうやって、寿命の縮むような思いで訳し終え、一か月後、ゲラで読んだら、なんとまあ、速く読めるぶんだけ迫力が増して、失神しそうなくらい怖かった。

垂直恐怖症に悩む全国七千万人（推定）の皆さんには、この本、けっして読まないように警告しておく。といっても、本誌の購読者は、そのうちせいぜい五百万人ぐらいだろうが。

いいえ、買うのは構わないんですよ。買うだけなら、ちっとも怖くない。書店で見かけたら、手に取って、立ち読みなどせず、レジへ直行してください。そして、家に帰ったら、厳重にひもを掛けて、頑丈な木の箱にしまい、ふたに何本か釘を打っておく。

ついでにお札などを貼れば、それで万全。あなたの安寧を脅かすものはありません。

ふうーっ。

貧乏訳者自力で賞金を稼ぐ……

ひと月ほどのあいだに、大きな変化が次々に起こって、足に血がつかない、じゃなくて、地に足がつかない日々が続いております。

まず、経済的なことが大きいかな。いえ、いえ、大金持ちになったというわけではありません。このところ、日銭の稼げない大部のハードカバーばかり訳していたので、ずっと綱渡りのような生活を余儀なくされていたのだが、自己最多のページ数となった分厚い上下二巻本がなぜか好調で、毎月少しずつ増刷され、まるで月給みたいに印税が入ってくるようになった。

ベストセラーまで行かなくても、この程度の小ヒットがときどきあれば、自主懲役などしなくてもすむんである。なにも、わたし、好きこのんで囚人をやっているわけじゃない。版元からの催促と家計の逼迫という二大条件が、ここ数年、常に満たされていたからこそ、年中無休の一日十五時間労働をみずからに強いてきたのだ。

そう、わたし、編集者にせっつかれたぐらいで、せっせと仕事に励むような扱いやすいタマではない（この部分、××書房と○○文庫と▲▲書店と□□出版と★文社の担当諸氏に聞こえないよう、小さな声で読んでくださいね）。今までは、要するに、生活に追われていただけだ。

経済の枷《かせ》から解き放たれたときのわたしは、からきし強いぞ（なんのこっちゃ）。あしたできることはきょうやらないというのが、そもそもわたしの基本方針なのだ。

というわけで、これが最後のご奉公とばかりに、夏休みなしの地獄のような夏を過ごし、某京某元社の仕事をわずか二十一か月遅れで脱稿したあと、わたし、とうとう自主恩赦に踏み切りました。

恩赦といっても、これからやる予定の仕事が免除されたわけではないから、せいぜい、夕食の時間に家に帰って、家族と食卓を囲み、今まで舎房のパソコンでこなしていた夜の部の訳業を、自宅のワープロでやるようになっただけのこと。効率が落ちるぶん、一日の仕事量が減り、心なしか労役の負担が軽くなったように思えるような気がするという、なんとも情けない進歩（後退か？）ではある。

それでも、舎房での約十時間のお勤めを終えて、暮れなずむ風景のなかを自転車で帰宅するというのは、なんかこう、感動的な場面ですねえ。街並みが〝至福〟の色を帯びているようにさえ見える。

久々にこんな思いを味わってみると、舎房でひとり晩飯↓すぐにまた仕事↓夜十時ごろ帰宅↓寝酒を飲みながら仕事↓スイッチを切るように就寝↓起きたら朝飯↓ただちに出勤、というあのモードには、絶対に戻りたくないと思う。もう歳だしねえ。

と、ささやかながら貴重な労務状況の改善が行なわれたちょうどそのころ、件《くだん》の分厚い上下本が、日本翻訳××賞という、なんだかいかめしい名前の賞を受賞してしまった。

知らせを聞いた瞬間、ふたつのキーワードが元囚人の胸を行き交った。〝金〟と〝服〟。そう、いくらいただけるのかという疑問と、授賞式に着ていく服がないという懸念。いやはや、貧しさは品性を駆逐するんである。

ほんとうに面目ない話で、しかし、貧乏人の金銭的思考はすばやい。たちまち、「賞金で服を買えばいい」という結論が導き出された。べつにダイヤモンドをちりばめた十八金のスーツを仕立てようというんじゃないから、足が出ることはないだろう。といっても、賞金の額がわからないことには……。

だけど、品性を欠く割に奥ゆかしいわたしは、そのシンプルな問いを口に出せない。向こうも言ってくれない。結局、不明のまま電話が終わってしまった。おお、こんな残酷な宙ぶらりん状態のなかに、想像力たくましい貧乏訳者を放置しないでくれぇ！

まあ、一千万ってことはないだろう。いいとこ、百万だよな。いや、いや、翻訳というマイナーな世界の賞だから、五十万か。もしかして、三十万？　二十万？　ええい、もうひと声、十万だ、十万。さあ、持ってけ、泥棒！（以上、奥ゆかしいので単位は省略）

翌々日、今度は版元からの電話。

「詳しい案内が届いたので、お知らせします」

お待ちしておりましたです。

「授賞式が、○月×日△時より、☆☆会館」

はい、はい、はい。

「賞金が――」

ごっくん（生つば約百八十CC）。

「ええと、ありませんね」

何？　なんとおっしゃいました？

「賞金なし。盾と賞状がもらえます」

賞金なし、ね。なしって、いくらだっけ？　う～ん、なんちゅうか、その……つまり、清く正しい賞だってことですね。わたしみたいな俗人にはもったいないような（涙）。

真相を知った瞬間、ふたつの等式が元囚人の胸を行き交った。

［賞金］－［賞］＝［金］

［賞］－［賞金］＝－［金］

すなわち、賞金から賞を差し引くと、お金が残る。逆に、賞から賞金を除くと、懐具合がマイナスになっちまうんである。授賞式に出かけるにも、交通費ってものがかかりますしね。スーツの新調なんて、とんでもない。

しかし、捨てる紙あれば再生紙あり。

切り換えが早いのも、また貧乏人の特性でござんす。わたし、賞金などという不労所得に欲をふくらませた自分を強く恥じて、堅実に、競馬に夢を託すことにしました。

恩赦のほんわか気分で臨んだ秋のGI緒戦、秋華賞――。いやあ、興奮したなあ。エリモシック軸の千円ずつ五点ながしで、生まれてはじめての万馬券を取ったんであります。

そんなこんなで、浮き沈みの激しい一か月だった（ほんとは、もっと大きい環境の変化があったのだが、それはまた次回)。

それにしても、出所祝いと賞金を自力で稼ぎ出すなんて、わたしの貧乏にも、いよいよ筋金が入ってきたということか。

安い、広い、近い、新舎房は庭付き4LDK！

引っ越しをいたしました。

突然。そして、ようやく。

安い古い狭い公団の賃貸住宅に住まうこと十年半。3Kのうちひと部屋（三畳）を娘ふたりの机に占領されて以来、就寝用に使える部屋がひとつしかなくなり、そこに無理やり三組の布団を敷いて、親子五人が〝州〟の字になって（おっと、それじゃあ六人家族ですね）寝ていたんである。とほほ。

こりゃ、いくらなんでもまずいよなあ、と思い始めたのは、長女の胸がふくらんできたころだ。まずい、まずい、と思いながらも、暇はないし、金はないしで、ずるずる検討の時期を引き延ばしているうちに、なんとまあ、次女の胸までふくらんできた。

おい、おい、待ちなさい。お父さんがそのうち大ベストセラーにぶち当たって、広〜いおうちが買えるようになるまで、きみたち、発育をストップしておくれでないか。

ってわけにもいきませんよねえ。

だいいち、わたし、ベストセラーだらけの地雷原を、十年間無傷で通り抜けてきた強運の持ち主なんである。最近では、ベストセラーのほうが、わたしの顔を見ると、倒れて死んだふりをするとまで言われている。

なんとか手を打たなきゃなりませぬ。長男（明け五歳）の胸がふくらまないうちに……。となると、財政状態からいって、家を買うのはまったく無理だから、借家探しという線に落ち着く。でもねえ、自主懲役中の身では、不動産屋回りなどとてもできません。新聞にはさまってくるチラシは、売買物件ばっかりだし……。困った、困った。

困ったときの電脳頼み。

そう、インターネット上に、たしか、賃貸住宅情報誌のホームページがあったぞ。おっ、これだ、これだ。《ふぉれんと》ね。

毎週水曜日に出る雑誌なのだが、インターネットのほうのデータは、火曜の深夜に更新されるらしい。つまり、キヨスクや書店で朝一番に買うよりも、ひと足早く、しかも無料（市内電話料金とアクセス料金だけ）で、情報が検索できる。

どう考えても、これでは商売にならないと思うのだけど、ま、文句を言う筋合いはない。ありがたく利用させていただきやしょう。

まず、エリアを限定する。都心から見て、どの方角かということですね。次に、間取りと家賃の枠を決める。それから、どの沿線かを選ぶ（複数も可）。さらに絞りたければ、駅名を指定する（複数も可）。

十数秒後、検索結果が〝〇件です〟と告げられる。そのなかに興味をそそられる物件があったら、詳細を表示させ、そこに書いてある不動産屋に自分で連絡する、という仕組み。

検索条件を登録しておくと、毎週、電子メールで適格物件の数と詳細情報のＵＲＬを知らせてくれるというサービスまであって、感動のあまり、腰が引けてくる。お金も払っていないのに、そんなことまでしていただいて、いいんでしょうか？

以後、毎週水曜日の早朝には、まずインターネットにアクセスするのが習慣になった。

わたし、安くて、広くて、子どもの学校に近いという、かなりわがままな条件を付けて検索していたのだが、それでも、週平均六、七件はリストアップされてきた。

ただし、よさそうな物件の大半は、〝法人限定〟という腹立たしいバリアー付き。ワンルーム・マンションみたいに回転率がよくないから、借り上げ社宅の形で末長く、という貸す側の安定志向の表われだろう。

まあ、気持ちはわかりますけどね。でも、できることなら、住宅は、困窮度の高い順に割り振られていってほしいなあ。たまには、〝自由業者限定〟とか〝収入不安定な方歓迎〟とか〝歩合制家賃・ある時払い〟とかいう太っ腹の大家さんがいてもよろしいんじゃないでしょうか。ほんとうにいたら、ちとこわいような気もするが……。

そういう限定のない物件はというと、これがまあ、ほとんどの場合、電話すると、「もう決まりました」と言われるんですよね。もともと雑誌に載せる情報だから、タイムラグがあるのは致しかたないけど、なかには契約済みの物件をアップロードしている例もあるのではないか、という印象を受けました。

そんなこんなで、不毛の検索を続けること三か月。ようやく一軒、現地まで見に行ける物件が見つかった。いそいそと出かけましたですよ。いやあ、驚いた。書類上は小さめの4DKで、家賃も安かったから、あまり期待していなかったのだが、静かな住宅街のなかの日当たりのいい一郭で、なんと、広～い庭付きの一軒家。間取りもなかなかよろしい。

アンズよりウメのほうが安い。じゃなくて、案ずるより生むがやすし、というのがわが家の家風。この家風のおかげで、思案することなく三人も子どもが生まれてしまったわけですが、家族全員、じっくりものを考えることを大の苦手としております。

現地臨時家族会議が招集され、約四十秒の会期内に、即契約転居案が満場一致で採択された。浮き足立つ不動産会社の担当社員をがっちりと押え込んで、その場で仮契約。家に帰ると、さっそく荷物をまとめ始め、翌週、本契約が済むと同時に、引っ越しトラックの手配、転出・転入の手続き、電話・電気・ガス・水道の移転と、目まぐるしく動き回って、下見の十日後には、疲労困憊の体ながら、もう新居に移り終えていた。

まるで夜逃げですわ。

このスピードと手際のよさが、本業でも発揮できれば、今ごろ、もっと大きな自前の家に住めていたろうに（嘆息）。

というわけで、あれあれというまに住環境が一変してしまい、今は引っ越しによるロスを取り戻すべく、新居の一室に自主軟禁されて、起きてから寝るまで仕事をしています。

オタクじゃなくて、ジタク。

せっかく転居してきたのに、仕事環境はちっとも変わらないのであった。

仮釈放日の〝お約束〟

毎週月曜日は、まあ、仮釈放日ですね。

いまだ外にほとんど出られない懲役生活が続いているのだけど、週一回、神保町にある某寺子屋式翻訳学校に出講しなくてはならず、それもまた出張懲役みたいなものではあるが、電車に乗って遠くへ行くというだけで、今のわたしにはお祭りの気分。月曜日になると、心がそわつく。

まるで遠足に行く幼稚園児のように、前日のうちに授業の下準備を整え、お菓子をリュックに、じゃなくて、教材やら参考資料やら行き帰りの電車で読む本やらをバッグに詰め込んで、それを枕もとに置き（というのは、うそだけど）、寝酒を飲みつつ、あしたの娑婆の華やぎに思いを馳《は》せるんであります。

そして、いつもの朝よりやや潑剌《はつらつ》とした気分で目を覚まし、そそくさと朝飯をすませて、バッグを手につかむと、「行ってきま〜す」って、おい、おい、授業は夜だろ。

ははは、そうでした。焦っちゃいけない。夕方まではちゃんと、囚人としてのお務めを果たさないとね。しかし、気持ちがふわふわしているもんだから、なっかなかエンジンがかかりません。頭のなかがお出かけモードで、原書の文字が踊ってやがんの。こら、こら、落ち着きなさい。って、落ち着いてないのは、あんたでしょうが。

とまあ、さざめく心をどうにかパソコンの前にしばりつけて、八時半から四時過ぎまで、約半日ぶんのノルマをこなし、いよいよ出勤。ちっとも底の減らないウォーキングシューズを履き、「お父さん、帰ってくる家、間違えないでね」と、口の減らない息子に見送られて、束の間の自由へと足を踏み出す。

駅まで十二、三分の道のりを歩いて、息が切れるというのが、ちょっと情けないですね。呼吸を整えつつ、切符を買って、駅に入る。来た電車に乗る。ゆうべ用意した車内読書用の本を開く。いやあ、至福、至福。ひたすら至福を肥やすばかりの小田急線であった。

そのあと、千代田線、半蔵門線を乗り継ぎ、五時半ごろ神保町に到着。これからの三十分ほどが、わたしの自由行動の時間です（食事の時間を含む）。書店を冷やかしたり、道行くおねえちゃんを冷やかしたり（うそ、うそ）、喫茶店で本を読んだり……。

そして、いよいよ保護司のもとへ出頭する。前述の寺子屋式翻訳学校です。なぜ寺子屋式かというと、教室ひとつと事務局があるだけで、その教室も、最大限に詰め込んで十六人しか入らない。少数精鋭を標榜するよりほかに手がないわけで……。

同業者のなかには、「どうしてわざわざ、自分の手でライバルを育てなくちゃならないんだ?」と、翻訳学校で教えることに否定的な人たちもいる。

そんなやわな考えで、どうします、あなた。伸びそうな芽は、大きく育つ前に摘んでしまわなきゃ。鉄は熱いうちに冷やせ、ですよ。

翻訳学校というのは、ほうっておくと開花してしまいそうな才能の持ち主を一か所に寄せ集めて、一定期間束縛し、素質と情熱をしぼませる目的で作られた、既成の訳者の権益保護のための機関なのだった。

というわけで、わたし、出る杭を打ちまくるべく授業にいそしみます。こっちがいくらつぶすつもりでいても、勘のいい生徒はそれを察知して、ひょいひょいと身をかわし、腕を上げたりするから、油断がならない。まさしく苦闘の百二十分ですね。

闘いを終えたあとは、敵を懐柔するため、有志数人と放課後の酒を酌み交わす。懐柔といいながら、わたしはなおも攻撃の手をゆるめない。アルコールをひとり大量に摂取したうえで、割り勘に持ち込み、経済的にも生徒に損をさせるのだ。圧勝、圧勝。

勝利の興奮と半端な酔いのせいで、帰りの電車のなかでは、読書があまりはかどらない。特に小田急線は、やたら混んでいるので、窓の外をぼんやり眺めながら、突っ立っていることになる。

いつも乗る急行の六両めあたりに、南側を向いて立っていると、成城学園前で停まったとき、目の前に料飲店の並んだ路地が見える。生酔い状態のわたしの魂は、闇になまめかしく浮かぶネオンに吸い寄せられる。〈かおる〉〈山小屋〉〈雪国〉〈約束〉……。

見るたびに引っ掛かるのが、〈約束〉という店名だ。例えば、「今、〈かおる〉で飲んでるから」と家に電話をするのは、ごく自然ですよね。「きょうは〈山小屋〉に行こう」とか「〈雪国〉で待ち合わせ」とかいうのも、べつに変じゃない。

だけど、〈約束〉はどうか？　〈約束〉で飲むのも、〈約束〉に行くのも、〈約束〉で待ち合わせるのも、なんだか意味深で、すごいことのように聞こえないか。

〈約束〉という名の酒場へ、人はいったい、何をしに行くのだろうか？

いや、たぶん、酒を飲みに行くんでしょうが、なにせ〈約束〉ですもの。半端な気持ちでは足を運べない。何か重苦しい、使命感のようなものをかかえて、眉間にこう、しわを寄せつつ、そこへ向かうんだろうなあ。

どんな店なんでしょう？　なじみの度合によって、〝空約束コース〟〝口約束コース〟〝密約コース〟などというのがあって、勘定が払えなくなると、約束手形を書かされたりするんだろうか。

これだけ期待させといて（勝手に期待しているだけですが）、なんの変哲もないただのスナックだったりしたら、約束が違う、ってことになるよなあ。

よ〜し、今度の刑期が明けて、ちょっとだけ暇ができたら、誰かを巻き込んで（ひとりじゃこわい）、あの店に入ってみるとしよう。その前に、しかし、編集者とのお約束をちゃんと果たさないとね。

そろそろ日付の替わりそうな時刻、駅からの暗い田舎道を歩く囚人の胸には、数時間後に再開される懲役生活への英気が……あれっ、英気、どっかに落としてきちゃった。

中年翻訳家ローカを走る!

ラージプリント版の原書が欲しいなあ、と思うきょうこのごろである。翻訳のテキストが、だんだん読みづらくなってきてるんですよね。小さい活字のペーパーバックだったりすると、ほんとうに目が疲れてしまう。周りでも、同年配の同業者たちが、急にそういうことを言いだすようになった。

ある日気がつくと、〝鬱〟という字が書けなくなっていた。いや、もともと書けなかったんだけど、以前は、辞書にぐっと目を近づけて、一画ずつ筆写していたのに、今では、ある程度以上目を近づけると、活字がぼやけてしまうんです。

しかたなく、パソコンのエディタの画面で、フォントを最大の72ポイントにして、〝鬱〟と打ち込んだら、これはもう、実にはっきりと、一画一画が見えたんで、ま、とりあえず安心しました。パソコン導入の思わぬメリットだ。フォントによかった。

つまり、将来的には、電子テキストが普及して、あるいは、スキャナーの精度とスピードが向上して、原書にしろ、日本語の本にしろ、パソコンに取り込むことが容易になると思われる。で、それを自分に都合のいい字体やサイズで読めばいいというわけだ。

百インチぐらいの巨大モニターに、72ポイントの原書テキストを映し出し、例えば『小学館ランダムハウス英和大辞典第五版』の電子ブックを引き引き仕事をしている自分の姿を想像してみると、いささか不気味ながら、心温まるものがある。

今手もとにある仕事を消化するだけでも、たぶん五、六年はかかるだろうから、わたしにとって、これは絵空事ではない。もちろん、問題は視力の衰えより仕事の遅さにあるわけですが、はっはっは。

しかし、老化はいずれ訪れる、避けられはしない、近々来る、ほらもうそこまで来た、と、段階的に心の準備を整えてきたつもりでも、いざとなると、〝突然に〟とか〝理不尽な〟とかいう思いがつきまとう。

自分だけは歳を取らない、自分だけは死なない、という子どものころの故なき全能感が、まだまだ根っこを残していたんでしょうか。大人になりきれないまま、老人になっていくというわけだ。薄ら寒いような、いっそ気が楽なような……。

過剰な煩悩《ぼんのう》に悩まされつつ、過剰なエネルギーに衝き動かされて、がしがし働く時期がそろそろ終わろうとしているのだとすれば、それは一種爽快なできごとかもしれないけど（そうかいな？）、何かを成し遂げたという実感もなく、ただしぼんでいくのは、あまりにもさびしいよなあ。だから、これぐらいの歳になると、みんないろいろ焦りだすんでしょうね。潔く枯れてしまおうなんて心境には、なかなかなれるもんじゃありません。

つい最近まで、ひと足先に老眼の徴候が表われた妻に対して、patronizingな、つまり、いたわりつつ見下すような態度をとってきたことを、わたしは今、海より深く反省しています。ただし、遠浅の海だけど。

わが身に老化の波が押し寄せてきて、それではじめて、妻が同志に思えるとは、なんとも身勝手で情けない心性だが、結局、「他人はわたしの痛みを持つことができない」(ウィトゲンシュタイン『哲学探究』)ということでしょうかね。

いえ、ここでいきなり、ウィトゲンシュタインが登場するのも、ちと理由がありまして。三週間ほど前にようやく訳了したミステリーが、たいへんな難物で、ウィトちゃんが古今の哲学者たちを殺していくという、たいへん凝った仕掛けの近未来サイコ・テクノ・メタフィジカル・サスペンスだったんです。

いくつかの事情で、取りかかるのがだいぶ遅れてしまって、そのうえ、取りかかったらぜんぜん進まないの。今思えば、その遅漏、じゃない、遅滞も、老化現象の一部だったのだが、二か月で仕上げなくちゃいけないのに、半年もかかってしまい、しかも本人としてはずっとラストスパートをかけているつもりだから、ようやく脱稿したころには、文字通り精も根も尽き果てていた。そして、近未来という舞台設定も、ずいぶんと現在に接近してしまっていた。

その半年のあいだに、白髪が百倍ぐらいに増えて、老眼の自覚症状が出てきて、四十肩・五十腰・二重顎・三段腹に悩まされて……抵抗する間もあらばこそ、一気に老いと向き合う仕儀となったわけだ。

春よ来い、とひたすら念じつつ、長い長い自宅軟禁生活を送り、青息吐息で刑期を務め終えたのが、折しも桜の真っ盛り。

わたしはすっかり、歩き始めたみいちゃんの気分で、花撩乱のおんもへ出てみたんですが、肉体のほうは、歩き忘れたじいちゃんになってしまっていたのであった。

まあ、ショックといやあ、ショックです。従容として受け入れるような余裕はとてもないのだが、でも、自分の肉体に起こった変化というのは、ある面で楽しくもある。

うまく言えないけど、軽量級の脳みそでもなんとか制御できるような体になってきたという感じだろうか。欲するところに従っても、矩《のり》を越えるようなパワーがないというさわやかさ……。いえ、いえ、そういう渋い境地に収まり返るつもりは、毛頭ないのですが。

なんだか、四十代半ばで老化を語るのは、貧乏自慢に似て、ちと青臭く、ぎこちなく、どこかうれしげでもあるなあ。微笑をこらえつつ、背伸び、じゃなくて、無理に背をかがめているみたいな……。

う〜ん、もうしばらくは中年に踏みとどまって、脂《あぶら》ぎった生きかたをしてみようという気になってきました。バージョン・ダウンはゆるやかにやっていかないとね。

とはいえ、老化の足は速い。

「ローカを走るな」と、先公にどなられていたのは、ごく近過去の話だったように思えるのだが……。

〝正しいけど野暮な〟稼業

翻訳は、稼業である。

か、き、く、け、こ。

こら、こら、それはカ行だろうが。

そうじゃなくて、稼業。つまり、身過ぎ世過ぎのための仕事っちゅうことです。そういえば、〝たずき〟などという雅《みや》びやかな言葉もありましたなあ。

いいえ、わたしがそんな言葉、知ってたわけじゃない。ちょっぴり年上のさる同業者が、訳書のなかで使って、結構話題になったもんで、あわてて国語辞典を引きましたですよ。

もちろん、辞書を引いたあとは、昔っから知ってたような顔をして使っている。

はったりも芸のうち、ってわけで。

芸とは、『新明解国語辞典』によると、「物事をそつ無く仕上げる効率的なやり方や、人前でやって見せるスマートなパフォーマンス」だそうですが、じゃあ、翻訳は芸なのかと、あらためて問われたりすると、う〜むと返事に窮してしまう。

〝文芸翻訳〟という言葉がねえ、どうにも曖昧な気がするんです。一見して、〝文を書く芸としての翻訳〟とも読める。やっているほうも、その曖昧で心くすぐる解釈に、ついすり寄ってしまいたくなる。

だけど、たぶん、〝文芸翻訳〟には〝文芸作品の翻訳〟という意味しかなくて、翻訳の作業そのものが芸であるかどうかは、別個に考えなくてはいけない問題なのだ。

と、思わず言挙げしてしまったが、日々の翻訳の営みがたずきであろうと芸であろうと、仕事の中身に変わりはないし、そもそもどっちかに決められるようなものでもない。

だから、あまり深く考えずに、半分かたぎ半分芸人みたいな、半分語学技師半分物書きみたいな、四割自営業六割自由業みたいな、三割浮草七割質草みたいな、ふわふわと腰の定まらないスタンスで、出版界の片隅に棲息してきたわけです。

わ、わ、悪気はなかったんです。

って、謝ってどうする。

大先輩の高橋泰邦さんは、「文芸翻訳は、ひも付きの創作である」と言っておられる。

これはつまり、純然たる創作ではもちろんないけれど、一方に技術翻訳とか実務翻訳とかいったものを対置してみると、われわれのやっている作業は、どうやら技術でも実務でもない、何か隠微な、姑息な、いかがわしい要素を含むものらしいということの、韜晦《とうかい》を交えた表現ですね（ほんとうかい？）。

なんだか、どうでもいいことをくだくだと書いているような気がするけど、実は最近、中野翠さんの『ひょんな人びと』（文春文庫）って本を読んで、ある一文に膝を打ち、膝の皿が割れてしまったんである（骨粗鬆症か、わたしは？）。

こういう文です。

〝芸人は、「正しいけれど野暮」より、断然「まちがってても粋」のほうを取ってほしい、と私はしつこく夢見る者だ〟

そう、そのとおりだと思いますね。強く、強く思う。で、そういう視線で文芸翻訳ってものを眺めたとき、われわれはやっぱり芸人じゃないという気がするんです。

原著者は、そりゃ、〝まちがってても粋〟の路線でだいじょぶだろうけど、翻訳者のほうは、野暮でもなんでも、とにかく正しく訳さなくちゃ、商売になんないんだもの。

というより、原著者の〝まちがってても〟の部分を、そのとおりのまちがいかたで正しく写し取るという、野暮の骨頂みたいなことを、われわれは嬉々として、じゃなくても口もとに微苦笑を浮かべつつ、日常的にやっているわけです。

これはもう、きっぱりと芸能志向を断ち切って、技術屋として身を処していくべきではないかと、最近思うんですよねえ。

え、みんなとっくにそうしてたって？

そういえば、この業界には非常に微温的なところがある。例えば忘年会などで、百人を超える数の同業者が一堂に会しても、口喧嘩ひとつ起きない、と、さる新進女性翻訳家があきれぎみに感心してました。

まあ、確かにそうだ。はたから見てると、あれは結構気味の悪い光景かもしれないな。少なくとも、物書きの集まりというイメージとは大きくかけ離れている。あくの強さだとか、独善的な主張だとか、エキセントリックな怒りだとか、そういったものがぶつかり合わない。表面に出てこないんですね。冷めている。引いている。抑えている。で、ひたすら和《なご》やかなの。

要するに、同業者が敵じゃないんでしょう。むしろ、原著者、編集者、書評家、読者など外部の諸団体に対して、結束しているような観がある。辛気くさくて報われない仕事をしている者どうしの連帯感というか……。まるで、横浜ベイスターズのファン気質。

と書いて、よくよくわが身を振り返ってみたら、わたしなんぞ、仲間うちだけじゃなくて、基本的に編集者とも書評家とも仲がいいんです。原著者だって、読者だって、対立し合う関係ではけっしてない。

去勢された平和主義。敵を作らない幇間的立ち回り。

向かうところ敵なし！　って、おい、おい、そりゃ意味が違うだろ。

波風、軋轢、確執、葛藤などといった好戦的モードの諸概念は、訳している本のなかでもうじゅうぶんに味わい尽くしているということでしょうか。しかも、その本はもともと他人が書いたものなんだから、わたしらって、ほんとうに闘わない人種ですね。

え、それもおまえだけだって？　そ、そうかなあ。いや、いや、論争はよしましょう。

とにかく、まあ、わたしにとって、翻訳は稼業である、と。ついでに言うなら、我業であり、座業であり、和業でもある。

か、き、く、け、こ。
が、ぎ、ぐ、げ、ご。
ざ、じ、ず、ぜ、ぞ。
わ、を、ん。

初洋行の翻訳家空腹を冷やす

フランクフルト・ブック・フェアの季節である。毎年、秋のこの時期になると、日本で翻訳書を刊行している出版社のほとんどが、版権担当者や編集者をフランクフルトへ送り込む。今年は、本誌編集長も勇躍その大デレゲーションに加わられたとの由《よし》。

フランクフルト直行便は、便数が少なくて運賃も高いので、たいていのエージェント、編集者はロンドン経由で行き、ついでに英国の出版社を回ったり、事前・事後の商談をかたづけたりする。

というわけで、フェアの前後約二、三週間は、日本の翻訳出版界の発注側の人びとが、ごそっと日本からいなくなるのだ。

ま、訳者の側からいえば、神無月ですわね。たいていの編集者が、「帰ってくるまでには、原稿、仕上げといてくださいよ」などと釘を刺してから出かけるわけだけど、あっしら、催促されない原稿をせっせと書くほど殊勝なタマじゃあござんせん。日ごろ、やいのやいのと催促されて、それでも遅々として進まない仕事が、神々の留守中にスイスイはかどったりしたら、そりゃ神々の威信にもかかわるというものだ。

などと、勝手な理屈をつけて、この時期はいつも、潜在的な労働意欲をさらに深く深く潜在させ、はるか西方に手を合わせつつ、命のランドリーをさせていただいてます。

ところで、わたし、その神々と同じ時期に、フランクフルトへ出かけたことがあるのだ。ちょうど十年前の話。その年出した訳書が、少し売れたもんで、初の海外旅行を試みようということになり、たまたまブック・フェアの直前だったから、どうにか安宿を確保して、お高い直行便で行きましたです。

フェアのあとは、ニューヨーク、シカゴ、ダラスと転戦する予定。生まれてはじめての洋行（↑古い！）にしては、ずいぶん欲張った二週間の旅程だった。

フランクフルトの中心街は、作りが札幌によく似ている。中央駅から広い道路がまっすぐに伸びて、三百メートルほど歩いたところで、細長い帯状の公園と直角に交差している。そう、大通り公園みたいに。

角には、オオドオリ・ヘップバーンの銅像が立っている。というのはもちろんうそで、ゲーテの像があるんですね。

さらに二百メートルばかり行くと、薄野を思わせる歓楽街が広がる。

そして、札幌の東西の中心軸である創成川よりだいぶ川幅は広いが、駅前通りと平行に、マイン川が流れている。

だが、しかし、哀しいかな、この札幌は、言葉の通じない札幌なのだった。

フェア会場であるメッセに行って、神々のあいだに交じり、英米の出版社のブースを回ってはみたものの、飛び交う英語がぜんぜん聞き取れない。ブースによっては、マンツーマンでゆっくりと本の説明をしてくれるのだが、英語であることがかろうじてわかるのみ。二、三時間であきらめて、パンフレットを集めることに専念した。

そうなると、もう次の日からは、わざわざ会場に行く意味がない。神ならぬ身の気軽さ、二日目は市内をひたすら歩き回り、三日目は、ハイデルベルクへ行くことにした。

古都ハイデルベルクは、フランクフルトから汽車で約一時間。こぢんまりしたきれいな街であります。

駅に降り立ち、四方を見渡して、遠くに見えるお城を目的地と定めると、わたし、すたこら歩きだしました。で、三十分ほどしたら、猛烈におなかがすいてきた。辛抱たまらず、最初に目に留まった屋外カフェに入ったと思いねえ（屋外に入るとは、これいかに？）。

出てきたメニューが、ドイツ語オンリー。何が書いてあるのか、さっぱりわからない。食べ物と飲み物の区別さえつかない。

でも、一行ずつ読んでいくと、Espressoというのがあった。こりゃあ、エスプレッソ・コーヒーでしょう。あとは知らない単語ばかり。ずうっと後ろのほうに、やっとひとつだけ、読める単語が見つかった！　Spaghettiです。はっはっは、隠れてもむだだよ、スパちゃん。わたし、イタリア語には自信があるんだからね（←うそ）。

正確には、Spaghetti Eisと書かれていた。どういう種類のスパゲティーかは、見当もつかないが、いやもう、この際、なんでもいいっす。ウェイターを呼び、「おいら、イタ飯系が好みでね」という顔をこしらえて、エスプレッソとスパゲティーを指で差した。

さあて、待つこと数分、わたしのテーブルに運ばれてきたのは、ぬあ〜んと、濃いめのコーヒーとソフトクリーム！　こ、こ、こ、これ、なあに？　と胸のなかでにわとりのようにつぶやきつつ、ウェイターのほうをばうかがうと、「ヤー、スパゲッティ・アイス」などと言っている。

スパゲッティ・アイス？

よおく見ると、そのソフトクリーム、にゅるにゅると麺が折り重なってもつれ合ったような形状をしてるんです。う〜ん、それはまさに、スパゲッティ・アイスとでも名づけるしかない代物であった。

わたし、イタ飯系の顔を急遽甘党系に作り替え、さもうれしそうに、「やっぱり、晴れ渡った（肌寒い）秋の朝は、スパゲッティ・アイスに限るよね」って顔で、むさぼり食べました。空腹を満たしたんじゃなくて、空腹を冷やしたのね。しくしく。

Eisはiceであるという貴重なドイツ語の知識を身につけたわたしは、甘ったるい水腹をかかえ、まるで修験者のような険しい面持ちで、お城へのぼっていったのだった。

♪流れる雲よ、城山に
　のぼれば見〜えるきみの家♪

と、頭のなかで錯乱ぎみに鳴り続けるバックグラウンド・ミュージックは、もちろん、われらが梶光夫でありました。

『青春の城下町』――誰も知らないか。

この項、続く（↑ほんとに？）。

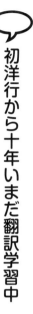

初洋行から十年いまだ翻訳学習中

いやあ、つらいっす、年末進行。

なんで、毎年、毎年、律義に年末が来るんでしょうね。

雑誌はまあ、しかたないとしても、書籍のほうでも、年末は印刷所の機械を確保するのがたいへんらしくて、遅れ遅れのわたしの翻訳原稿のために、必死で印刷機を一台押えた某社の編集者が、毎日のように原稿を取り立てに来るんですよ。

もとはといえば、ここまで遅らせたわたしが悪いのだが、缶詰め状態が続くと、酸欠の脳みそがしょっちゅうエンストを起こして、仕事がぜんぜんはかどらず、遅滞の度はいや増すばかり。瓶詰めは得意なんだけど、缶詰めはどうも、って、わけのわからんこと言ってる場合じゃないのよね。

二時間ほど前に、バイク便が来て、一日分の原稿を収めたフロッピーを持っていった。そいで、さっき、編集者から受け取った旨の電話があったのだが、「いただいたテキスト・ファイル、当社の高速プリンターに出力したら、一秒で印刷できました」って、いやみを言いやがんの。

わたしの原稿をプリントアウトするのに、高速プリンターを使うなんて、猫に大判焼きというもんですよ。わが家の低速プリンターだったら、二分半はもつぞ。

いいえ、いいえ、やっぱりわたしが悪いんです。年々仕事が遅くなって、遅いもんだから休めなくて、休めないもんだから能率が落ちて、という悪代官。あ、違う、違う、悪循環。

このところ、訳書が出るたびに、あとがきで〝遅延のお詫び〟をしているような気がします。ほんと、申し訳ない。

と、平身低頭したところで、まあ、まさか待ってた人はいないと思うんだけど、前号の続きです。梶光夫の次は、久保浩。じゃなくて、十年前の初洋行のお話。

フランクフルトからニューヨーク、シカゴ、ダラスと回って、とりあえず地球を一周するつもりだったわたしは、しかし、フランクフルトから先の航空券を持っていなかった。

現地で買ったほうが安い、と聞いてたもんですからね。ところが、現地へ行ってみると、その安い現地というのがどこにあるんだか、さっぱりわからない。

困り果てて、結局、フランクフルト中央駅にあるルフトハンザに行きました。

もちろん、ドイツ語なんて、エスプレッソとスパゲッティしか知らないわたしだから、英語でしゃべるしかない。ちゃあんと英会話基本文例集で予習しましたよ。

「ワタシ、航空機トイウ手段ニヨッテ、ニューヨーク行キタイアルネ」

とまあ、そんなふうな英語で、カウンターの金髪碧眼氏に語りかけた。向こうは座ってて、こっちは立ってる。

「ソレデ?」

と、きき返された時点で、せっかくの予習が無に帰した。台本にない台詞《せりふ》を言うなよ。しょうがないから、丸暗記した最初のフレーズをくり返す。もしかすると、〝ニューヨーク〟に不定冠詞の〝ア〟をくっつけていたかもしれないが……。

「ソレデ?」

おい、おい、澄んだ瞳をした、いたいけな東洋青年（なにせ、十年前ですから）をからかうなよ。と、胸のなかで抗議しつつ、ほかに策がないので、もういっぺんくり返すと、

「ソレデ、ソノ航空券ヲバ、オマエハココデ買イタイノカ?」

この野郎、買うためにここに来たんじゃないか、と、どなりたいのは山々なれど、それを英訳する力はとてもなく、「ソノトオリデゴゼエマス」と答えてしまった。

「ダッタラ、ソノ椅子ニ座リタマエ」

おお、〝ニューヨークに行きたい〟ぐらいじゃ言葉が足りなくて、〝ニューヨーク行きの航空券を、どうぞわたくしめに売ってください〟と言わなきゃならなかったのね。考えてみれば、非常に論理的な対応だ。

ようやく座るところまでこぎ着けたわたし、あとはもう、〝ノーと言えないニッポン〟を代表して、差し出される料金表やカレンダーや時刻表を指差し（↑情けない）、ほとんど手話で、どうにかこうにか航空券を手に入れたのだった。

でも、フランクフルト最終日には、優しい金髪碧眼氏にも出会えたぞ。宿を出て、空港までタクシーに乗るつもりで、スーツケースを手に歩いていたら、フォルクスワーゲン・ゴルフがすぐ横に

停まって、若い男が「エアポート?」ときくんです。

わたし、「イエス!」と、いちばん自信のある英単語で答えました。

「ジャ、乗ンナサイ」

あらら、どうすりゃいいんでしょ。非常に不安だったけど、ここはやっぱり、〝ノーと言えないニッポン〟を代表して(こればっかり)、乗せていただきましたです。

これが気さくなアメリカ人でね。いろいろ質問してくるんですが、こちらの耳と口が追いつかないのを、いやな顔もせず、粘り強くフォローしてくれる。

そして、なんと、「アナタノ英語、ジョーズデスネ」などと言うんです。

おたおたしちまいましたよ。「イエス」と言っても「ノー」と言っても、変だしねえ。そのすきを突くように、向こうは、「ナンノ仕事、シテマスカ?」ときいてくる。

答えにくいよなあ。

「ホ、ホ、翻訳ヲ、チョコット……」

顔からファイアが出るように、恥ずかしい思いをいたしましたです。

でも、向こうはよくわからなかったようだ(無理もないけど)。首をかしげたあとで、「ハハア、学生サンデスネ」と言うの。

翻訳が職業として成立するなんて、西洋人には理解しにくいんでしょう。

以来十年、わたし、いまだ翻訳学習中の身であります。

酸欠の訳者春を夢見て……

翻訳学校からの帰り、最終に近い小田急線の車内で、乗降ドアの上にある小さな電光掲示板をぼうっと見ていたら、「八十歳の老人、病気の妻を殺害」というニュースが生酔いの頭に突き刺さった。

見出し程度の簡単な電光記事なので、詳しいことはわからないが、どうやら、このおじいさん、自分が入院することになったんで、寝たきりの妻をひとり残していくわけにもいかず、先にあの世へ送り込んだということのようです。

胸にずしんと響くニュースだ。この老人、病院のかわりに刑務所に入ることになるんでしょうか。それはたぶん情状で免れるだろうけれど、そこまで覚悟しての犯行（？）だったのではないかという気がする。

妻に付き添える人間がいなくなる。自分だって、帰ってこられるかどうかわからない。病気、どちらかの死、その後始末……などと考えると、とりあえず妻の死に水を取る作業を前倒しにして、あとは自分の病気だけと向き合うという選択は、至極前向きで、合理的なものだったのではないか。

いや、もちろん、殺される奥さんのほうが納得していればの話ですが。

少なくとも、しかし、この老夫婦にはもう、〝老後の心配〟はなくなったわけである。慄然としつつも、わたし、何か自分の将来の選択肢がひとつ増えたような、罰当たりな爽快感を味わいました。

獄中もしくは病床で残された歳月を過ごすことになるこの老人の頭のなかを、八十年の人生はどのように駆け巡るんでしょうねえ。

過去の栄光とか失意とか浮き沈みとかいうものは、そこまで来ると、ちゃらになってしまうんじゃないかしら。

そういう人生最後の時間を、羽布団のなかでぬくぬくと過ごそうと、硬い寝床で冷えびえ粛々と過ごそうと、大差ないんじゃないかという気がしてきて（↑根拠なし）、それでなんだか救われるのだ。

だけど、行きの電車でこのニュースを見たら、パニックに陥っていたかもしれない。

この日は、いつもより早起きして、朝からエンジン全開、夕方出かけるほんの数分前まで、締切り過ぎた短編の翻訳に追われていたので、電車に駆け込んだ時点で、頭が過剰覚醒状態にあり、案の定、不安神経症の発作に襲われてしまったのだった。

発作といっても、主な症状は、本や雑誌の活字を追えなくなるだけ。活字を見ていると、動悸がしてきて、昏倒しそうな不安を覚えるのだ。もちろん、絶対に昏倒なんかしない。それは自分でもわかっているけど、いったん発作が起こると、不安が意識の全領域を占拠して、気持ちにまったく余裕がなくなってくる。わけもなく、抑えようもなく、やたらに胸騒ぎがするのだ。

この因果な病（←というのもおこがましいが）とは二十年近い付き合いだから、原因も対処法もだいたいわかっている。睡眠もしくはアルコールが足りていれば、百パーセント発作が起こる気づかいはない（←考えてみると情けない）。出版社から増刷の知らせが来た日は、ほとんどだいじょうぶ（←なんともいじましい）。発作が起こったなら、深呼吸とポジティブ・シンキングで十数分間をしのぎきる。まあ、最長で二十分ですね。

起こる場所は、閉所か高所。まだ駆け出しの病人（←違うってば）だったころは、電車に乗るのがほんとうに怖くて、遠くへ行くのにも、各駅停車でひと駅ずつ移動したりしていたものだ。歳を取るにしたがって、症状はマイルドになり、しのぎかたもルーチン化して、ひょっとしたらあと何年かで完治してしまうかもしれない。そうあってほしい。しだいに少なくなる人生の残り時間のうちの、週に数十分の貴重な読書タイムを、いつまでもこんなことでつぶしちゃいられませんもの。

ところが、最近じゃ、必死のポジティブ・シンキングをおちょくるように、諦念めいたネガティブな思いが、ずずんと湧いてくるんです。懸命に持ちこたえようとするそばから、持ちこたえてどうする、ってささやきが聞こえるのね。

ここで倒れてたまるか、という気持ちが、だんだん希薄になってきている。いっそ倒れてしまったほうが楽だ、と、いつも心のどこかで思っている。

酸素が足りない。休息が足りない。

そういう状態で、冒頭の電光ニュースなど見たら、わたし、あっちの世界へ飛んでってしまったかもしれません。

要するに、働きすぎだよねえ。それはもう重々承知しているし、自分としても、緩慢な自殺を図るつもりなど毛頭ないのだが、今度こそ絶対に休むぞと大決心するたびに、必ず「あと○冊終わったら」という現実的な留保がついてしまう。

で、○冊が終わるころには、べつの△冊の締切りが迫っていて、そこで少しでも休んだりすると、エンジンをかけ直すのがたいへんだから、切れ目なしで働くことになる。毎度毎度、そのくり返し。たったひとつの救いは、好きな仕事をやっているということで、その点はほんとにありがたいと思っているけれど、それにしても、もうちょっと余裕が……と書いてしまうと、またまた翻訳書の部数右肩下がり傾向のほうへ話が落ちていきますね。

ぼやいてもしかたがないが、結局は、本が売れないからたくさん訳すしかなくて、仕事が遅いから休みを削るしかない、というようなわけで、神経症の訳者の酸欠状態は、まだまだ続きそうな形勢である。

この冬のあとに、果たして春は来るのでしょうか。その春まで、わたしは生き延びられるのでしょうか。

この生活の延長上に八十歳のわたしというものを思い描いてみると、一種さわやかな感動が……う〜ん、湧き起こらないなあ。

休心、乱心、そぞろ歩きの木の芽どき

去年の暮れから並行して進めてきた四冊の本が、ここひと月ほどのあいだに立て続けに訳了して、ほんのちょっぴりだけど、時間に余裕ができました。

まあ、ごく普通の超多忙モードに戻ったというだけの話ですけどね。とりあえず、未訳の原書の山が少し低くなり、きつい締切りの仕事がほぼかたづいて、これからしばらくは、目の前にある本を一冊ずつじっくりと訳していけばいい。

ええっと、一、二、三……七、八、九……あと十四冊か（数えなければよかった）。

いやあ、それにしても、よく働いたなあ。いつ壊れてもおかしくなかったぞ。生活苦の力って、やっぱりすごい。この歳になっても、まだハングリーでいられるというのは、寿《ことほ》ぐべきことである（かなあ）。

しかし、長い蟄居のあいだに、どうやら、わたし、人間的にもひと回り大きくなったみたいで、特に中半身の成長が著しい。え〜ん、なんでハングリーなのに太るんだよお！

よし、久方ぶりに、散歩に出かけようっと。あらら、里はすっかり春じゃないの。菜の花が一面に咲いて、桜はちょっと盛りを過ぎてますね。

そういや、桜花賞は取り損ねたなあ。武豊のファレノプシスなんて、買えないよ。ロッチラヴウインクとバプティスタで、めでたく万馬券の予定だったのに……。

でも、今年は、万馬券を二回取っている。どっちも百円ずつですけどね。お年玉年賀はがきは、十万分の一の確率の二等賞を当ててしまった。

この分でいくと、横浜ベイスターズ三十八年ぶりの優勝も、夢でなくもないような気がしないでもない。わたしの訳書も、ひょっとしたら、絶対に売れないと言いきってしまうわけにもいかないかもしれないような状況に立ち至らないともかぎらなくもない（↑何重否定だ？）。

などと、すこぶる非生産的な思考を巡らせつつ、気分は軽く、体は重く、うちから二分ほど歩くと、もう田園のまっただなか。

そういや、昔、「田園ふうの調布に住んでます」とうれしそうに言っていた調布在住の編集者がいたなあ。株に入れ込んでいたけど、このたびのトリプル安を、うまく切り抜けられたんでしょうか。

農道沿いに、溝と呼んでもいいほど細い川が流れていて、近くのもっと大きい川から、しょっちゅう鷺が飛んでくる。この溝みたいな川に、たぶん、エサがたくさんいるんだと思います。

そういや、去年の夏、五歳の息子とここを歩いてたら、ザリガニがうようよ泳いでいたなあ。息子が大声で、「お父さん、ザリガニが百人以上いるよ」と叫んだものでした。

きょうは、鷺だけじゃなく、鴨まで飛んできている。しかも、この人たち（そう、鳥だって人間なんです）、物怖《ものお》じすることを知らない。わたしがすぐそばを歩いても、逃げるどころか、まったく無視して、えばった顔で道を横切るんです。

そういや、ここら辺の鷺と鴨って、やたら仲がいいんだよなあ。普通、サギといったら加害者で、カモといったら被害者でしょう。その両者が、互いを認め合い、共存し合っている光景を見ると、わたしはなんだか、騙されているような気分になるのであった。

そういや、去年夏の散歩で、大きいほうの川に、生まれたての鴨のひなを四羽見つけたなあ。しばらくのあいだ、毎日、カメラを手に追っかけていたもんです。鴨にしてみりゃ、いい迷惑だ。ストーカーですよね。

しかし、東京もまだ捨てたもんじゃない。町田近辺には、自然が腐るほどある（なにせ、防腐剤を使ってませんから）。このちょっと先には、原始そのままの広大な森が……。

と思ったら、うわっ、森がない！

どうしちゃったの？　ぐるっと柵が巡らされて、一面むき出しの土の上を、ブルドーザが走り回っている。迷い込んだら二度と出てこられない気がするぐらい、深い深い森だったのに、今はあえなく平らになって、ずうっと向こうまで見通せるではないか。

もしかすると、わたしの記憶にある森は、幻だったんでしょうか。う〜ん、ショック。なんだか悲しい。もったいない。そりゃあ、もちろん、わたしらが今住んでいる一郭だって、同じようにして開発されてきたのだろうから、こんな気持ちをいだくのは、身勝手な感傷というべきかもしれないが……。

無残、という思いがする一方で、しかし、造成工事の圧倒的な迫力、活力に、見惚《みと》れて陶然とするわたしもいるのだった。

ふと思い立って、家に取って返し、息子を呼んできた。こいつ、工事現場を見るのが大好きなんです。

「木が倒されて、かわいそうだね」などと、たぶんどこかで刷り込まれてきたせりふを口にした、その舌の根も乾かないうちに、「あ、オフロード・ダンプ！」「あ、大きいパワーショベル！」と興奮しまくっている。

たしかに、力強くむだのない動きで、土が掘り起こされ、山が切り崩されていくさまは、見ていて飽きない。つい感動してしまう自分と、それを罰当たりなことと思う自分がいて、なかなか複雑な心境ですね。
二、三年もすれば、ここに大住宅地ができあがるだろう。都内にしては異様なほど人口密度の低かったこの地区も、にぎやかで便利なシティーに昇格しちゃうんですかねえ。
ま、先回りしていろいろ考えるのは、とりあえずやめといて、土日の中山のレース検討に気持ちを集中するとしましょう。

わが身にこの先何が起こるのかはまったく予想がつかないけど、何が起こらないのかは結構わかる。

わたしが二十歳の大学生に戻ることはないだろうし、絶版になった本の印税が入ることもないだろう。そして、買わない馬券で懐が潤《うるお》うこともない。

やる気と売行きの悲しい相関関係……

アメリカに、デイヴ・バリーというおじさんがいる。

いえ、いえ、おじさんといっても、べつに血のつながりがあるわけではない。

血はつながってないけど、このバリーさんとわたし、どうも脳みそがつながっているという気がします。発想が、するっとわかっちゃう。翻訳者にとっては、じつになんとも、ありがたい関係だ。

何をやっているおじさんかというと、もう十五年ものあいだ、毎週毎週、「マイアミ・ヘラルド」という新聞にユーモア・コラムを書き続けている。毎年、そのコラムが単行本にまとめられ、ベストセラーになる。

そのほかに、年一冊のペースで書き下ろしの本を出す。それもまた、必ずベストセラーになる。

一九八八年には、ピューリッツァー賞まで取っている。

ふ～ん、脳みそがつながっている割には、実績も懐具合もずいぶん違うんだね。って、うるさい、ほっといてくれ。

わたしがこのおじさんと出会ったのは、今を去る八年前。某翻訳学校に誘われて、講師を務め始めたころのことだ。

出会ったといっても、フロリダまで訪ねていったわけではない。神保町の路上で鉢合わせしたわけでもない。テレクラで知り合ったわけでもない。あるとき、視線を感じたのだ。

はっ。おれの後ろに立つな!

って、こら、こら、ゴルゴ13やってる場合じゃないでしょう。

いえね、「ニューヨーク・タイムズ・ブックレビュー」って書評紙を読んでたら、紙面から、紅毛碧眼の変な中年男がこちらをじっと見てるんです。

〝Dave Barry Turns 40〟という新刊の一面広告だった。著者の顔写真がでかでかと載ってるの。わたし、ついうっかり、見つめ返してしまった。

いやあ、もう、油揚《あぶらげ》にらまれた鳶《とんび》ですわ(なんのこっちゃ)。どうやら、デイヴ・バリーっちゅうコラムニストが、四十歳の節目を迎えて、その感慨をユーモラスに綴った本らしい。わたし、当時三十八歳。

背後霊に操られるように、アメリカから本を取り寄せて、むさぼり読みましたですよ。

一読惨憺。なんだ、こりゃ。おかしくて、おかしくて、最初から最後までただおかしいだけ。〝微苦笑〟とか〝含み笑い〟とか〝嬌笑〟とかいう上品系の笑いはいっさいなく、全編〝馬鹿笑い〟のオンパレードだ。

笑い声でいうなら、〝靴靴〟なしの〝下駄下駄〟ばかり。読んで、笑って、あとには何も残らない。燃焼効率百パーセント。

例えば、こんなの。

ぼくはサッカーのルールをふたつだけ知っている。

1　足のほかに、頭でもボールを扱っていい。

2　でも、それは痛い。

わっかるかなあ。わっかんねえだろうなあ（古いっすね。でも、最近、わたしの周りでリバイバルしてるの）。

ええい、わっかんなけりゃ、わっからせてやろうじゃないか。わったしに任せなさい。

背後霊に操られるように（こればっかり）、わたし、せっせと営業して回って、なんとか某社で訳させてもらえることになりました。

そいで、四十歳の誕生日の前日に訳了し、めでたく（おめでたく？）刊行されたのが、『デイヴ・バリーの40歳になったら』という訳書なのだった。

じつは、ちょうどそのころ、このおじさん、日本に来ていて、新作の取材中だったらしい。ちっとも知らなかったけど、翌年いきなり、アメリカで“Dave Barry Does Japan”という本が出て、びっくりさせられた。

はちゃめちゃなジパング見聞録。三週間のいい加減な取材をもとに、あること（一割）ないこと（七百九十九割）書き連ねた嘘八百割本である。

例えば、こう。

いくつかの基幹産業では、まだまだアメリカが日本を大きくリードしている……そのひとつの例がピザであり、第二の例もピザであり、第三の例もピザであり、以下そういう例を挙げるときりがない。


みごとに無内容。こんなくだらない文章を日本語にすることに意味があるんだろうか。

ええい、乗りかかった黒船じゃ。こいつも訳してやる。

って、なんだかわたし、この人の本を訳すたびに、自暴自棄になって、翻訳界での立場をあやうくしているような気がする。

それはまあ、いいんです。あってなきがごときわたしの立場なんて……（しくしく）。

困るのは、そうやって出した本が売れないことだ。アメリカじゃ初版数十万部という超売れっ子作家なのに、今まで三冊出た訳書は、いずれも初版しょぼしょぼ、増刷なし。一説によると、返本部数が刷り部数を上回っているという（快挙だ！）。

え〜ん、これはつまり、翻訳が悪いってことなのかよう、水曜、木曜。

労力と情熱の対価が、あまりにも安いよう、木曜、金曜。

これじゃあ生計を立てていくことができんよう、土曜、日曜。

というわけで、わたしに残されたのは月曜だけとなってしまった（意味不明）。

あれれ、今月はぜんぜんべつのことを書くつもりで、デイヴ・バリーの話題はその枕のはずだったのに、いつのまにか紙数が尽きちゃったなあ。

まあ、いいや。本題もどうせ、同じようなろくでもない話だったんだから。連載の恥は書き捨てだ。今夜はせいぜい、枕を長くして寝ようっと。

夏休み、売り切れました

わたくし、ただ今、夏休みをいただいております。

っていうせりふを、一度吐いてみたかったんだよなあ。

この「お休みをいただく」という言いかた、昔からあったんでしょうか？　個人的な記憶をたどれば、頻繁に耳にするようになったのは、ここ五、六年のことではないかという気がする。

ひょっとすると、自分が夏休みを取れなくなったころから、急に耳につき始めただけのことかもしれないけど……。

よくあるパターンとして、編集者からゲラを渡され、「×日までにお願いします」などと言われる。そいで、数日前に電話してみると、べつの編集者が出て、「○○は夏休みをいただいておりまして、×日に出社いたします」と答えるのね。

ほっほう、上等じゃないの。いったい、誰からいただいたんだよ、その休み。わたしゃあげた覚えなんかないぞ。

とまあ、休まず働いている側からすれば、絡《から》みたくもなりますわね。形は謙譲表現だけど、誰に対してへりくだっているのかが判然としない。

字義どおりに解釈するなら、「事後承諾ではありますが、あなた様のおかげをもちまして、のうのうと休暇を過ごしております」というようなことになるでしょうか。

いや、需給関係をもっと突き詰めてみれば、「自由業者であるあなた様が、無給の夏休みを返上して働いてくださるおかげで、給与生活者であるわたくしは有給の夏休みを存分に楽しめます。かたじけないっす」というようなことになるのではないか。

いや、いや、場合によっては、「おめえらは、休んだら仕事が止まっちまうけど、おれっちの場合、会社の歯車はちゃんと動いてるんだよ。ま、おめえのぶんまでおれが休んでやっから、しっかりと働きな」というような侮蔑すら含まれているかもしれない。

いずれにしろ、何社かの編集者に夏休みをいただかれたりすると、こちらの手持ちがなくなってしまうのは道理ですわな。

というしだいで、ここ数年間というもの、わたしの夏休みは、用意するはしから編集者たちにいただかれてしまい、断片も残らないありさま。

妻子までが、「お暇をいただきます」などと言って、里帰りする。

おい、おい、なけなしの〝お暇〟まで持ってかないでくれよお!

だけど、今年は違います。横浜ベイスターズが三十八年ぶりの優勝に向かって邁進しているのだ。冬季オリンピックでも、二十六年ぶりに金メダルが取れたのだ。わたしだって、五年ぶりの夏休みを取らずにはおるものか。

と、気張るほどの話ではない。今までさんざん他人に提供してきた休みを、ほんの少し自分用に取り分けようってだけじゃないの。

なのに、ああ、いたいけな中年翻訳者の胸は、えれえ悪事にでも手を染めるかのように、どぎまぎと罪悪感に震えるのであった。

だってねえ、仕事はずっと遅れっぱなしだし、誰かが「休んでいいよ」と言ってくれたわけでもない。休暇願など提出する先もなく、ただ自分で決めて、自分で休むんだもの。もちろん、無給。だいじょうぶかなあ。どこかの編集者が、許可証でも発行してくれないかなあ。ついでに、ぽんとおこづかいでもはずんでくれないかなあ。

と、われながら情けない葛藤を経た末に、よし、ほんとに休もう、と腹をくくり、撤回はしないぞ、と肝を据え、ほんとにほんとだからな、と虚空に吠え、そのうえで、編集者軍団に向かって、「こ、今年は、な、夏休み、取りますからね」と宣言した（おい、おい、声がひっくり返ってるよ）。

ところが、なんと、これだけの手続きを踏んで、必死の思いで決意表明をしたというのに、敵はみんな、「あ、そう」という反応しか見せない。

もっと驚いてくれよお。いさめてくれよお。五年ぶりなんですよ。遅れに遅れた仕事を、放り出して遊ぶんですよ。

あ〜あ。肩透かしを食ったように、あっけなく休みが取れちゃいました。さあ、勤勉に遊ぶぞおっ！

と、このあと、わたしは久々に郷里の沖縄へ帰り、至福の十日間を過ごすんでありますするが、ここまで書いたところで、たいへんなニュースが飛び込んできました。

昨日（八月二十六日）夕刻、タトル・モリエイジェンシーの森社長が亡くなった、と。

こんなおちゃらけた文のなかに書くのは気が引けるのだが、翻訳出版界の大立者、華のあるカリスマ的存在だった。

それより何より、わたしにとっては、この業界に送り出してくれた大恩人だ。十数年前、力も実績もない駆け出し訳者に、仕事を紹介してくれ、「ビッグになれよ」と肩をたたいてくれた。事あるごとに励ましてくれた。

あるとき、夕方にふらっと社長室へ顔を出したら、いつものコーヒーではなく、「取って置きのやつがある」と、おいしいスコッチが出てきた。それ以来、タトルへは、いつも夕刻を狙って行くようになった。

高級ホテルのバーに引っ張っていかれたこともある。「翻訳者は、酒の味がわからないとだめだ」と、そこに並んでいる十数種類のバーボンを、ふたりで全部飲み比べた。

お互い、へろへろになって、「やっぱし、ターキーがいちばんうめえな」などと、回らぬ舌で納得し合った。

口べたでぶっきらぼうな三下訳者と、本気で付き合ってくれた。アメリカナイズされたビジネス感覚と浪花節が同居している人だった。とても寂しがり屋で……。

享年五十三歳。早すぎる。恩返しするいとまもなかった。

ああ、さびしくなっちまうなあ。黙禱。

いつか花咲くときが来る（こともある）

いやあ、泣けましたねえ。

十月八日二十時五十六分、大魔神の投ずるフォークに、タイガース新庄のバットが空を切り、わが横浜ベイスターズがリーグ優勝を決めた瞬間――。

この歳になって、うれし涙などというものを流せるとは思ってもいなかったが、目頭がたちまち熱くなって、視界がぼやけてくる。鼻の奥がつーんとして、瞼《まぶた》がしょっぱい感じ。相手構わず、「ありがとう」と言って、抱き締めたくなる。

なにせ、三十八年ぶりですもの。

小学校三年で、あの強～いメガトン打線に恋をして以来、四十七年の人生のうち三十八年間も、大洋ホエールズ＝横浜ベイスターズを応援し続けてきた。

しかも、毎年毎年、シーズン前には、今年は優勝だと言い続けてきた。「狼が来た」と何度もほらを吹いて顰蹙《ひんしゆく》を買った羊飼い少年の比ではない。

って、いばってちゃ困りますが、こちらとしては、ほらを吹いているつもりなど毛頭なく、そのたび本気で、いくらなんでも今年は優勝してくれるだろうと思っていたのだ。

とはいえ、三十年以上も裏切られ続けると、知らず知らず敗残者のポーズとでも呼ぶべきものが身につく。優勝してくれという真摯な願いを、心の奥の底の隅の陰のへりのほうにしまい込み、「いや、いや、もちろん、冗談っすよ」というへらへら笑いで周囲の白々とした視線に迎合してしまうんである。

ま、防衛本能ですわね。今年もだめだったという心の傷をできるだけ浅くするために、期待の位置エネルギーをあらかじめ低く設定しておく。明るく開き直れない弱者の、なけなしのプライドというやつだ。

例えば、一昨年のシーズン、ベイスターズは開幕から快調に突っ走り、結構長く首位の座にいた。年季の入ったベイスターズ・ファンは、「今年こそ」と期待を募らせながらも、一方では凋落に備えて、ちゃんと心の準備を整えておく。

案の定、いったん勢いを失うと、ずるずる後退し、終わってみたら、Aクラスさえ確保できずに、五位である。ほうら見てごらん、って、これじゃあ、保険に入ったから怪我してよかったねと喜んでいるようなものだ。

去年は逆に、前半振るわず、中盤から調子づいて、八月下旬、首位ヤクルトに三連勝。二・五ゲーム差まで迫った。

このとき、修行の足りないわたしは「次の巨人戦で三連勝したら、人生観が変わるかも……」と口走って、同病の同業者・K田S平さんに「一勝でもできたら神様に感謝しよう、という謙虚な気持ちでいなければ」とたしなめられた。

同じく同病の同業者・Y田K美子さんも、「優勝争いに絡んでいるというだけで、胸がキューンとしてしまいます」とコメントし、それ以上を望んだら罰が当たるという態度を崩さなかった。

謙虚。温順。これが、ベイスターズ・ファンに共通する気質ではないかと思う。長きにわたる贔屓《ひいき》チームの低迷は、ファンの性格もゆがめてしまうのだ。知らず身についたへらへら笑いは、〝気のいいやつ〟という役回りでかろうじてリーグにぶら下がるベイスターズの地位を反映していた。

それがまあ、今年は、どうしたというんでしょう。勝ちかたの見本帳みたいに、どんなパターンでも勝っちゃう。

じつは、うちにはこの十四年間、テレビというものがなくて、ここ数年は球場へ行くような時間もなくて、プロ野球の結果は翌日の新聞で知るだけだったのだが、今年はもう、さすがに辛抱たまらず、六月にテレビを買いました。

球場にも、久々に足を運びました。九月末の大詰めのヤクルト戦、K田さん、Y田さんといっしょに神宮で観戦して、鈴木尚典の決勝スリーランにしびれました。大ウェーブにも参加しました。おお、こうして見ると、ベイスターズ優勝は、局地的とはいえ、やはり日本経済に貢献してるじゃないの（K田さんはベイスターズの帽子を買ったし、Y田さんはゲンをかついで崎陽軒のシューマイを持参してきたたし）。

なにせ、三十八年ぶりですもの（ははは、こればっかり）。

だって、三十八年ぶりの優勝を味わうには、最低でも三十八年かかるんだからね。ほかのどのチ

ームに、こういう偉業が達成できる？（あ、今ちょっと、千葉ロッテの名前が頭に浮かんでしまった）

ここで、三十八年ぶりの優勝というのがどれぐらいすごいことなのか、数字で検証してみたいと思う。

各チーム均等にチャンスがあると仮定して（この仮定にそもそも無理があるような気もするが）、リーグ優勝する確率は六分の一。優勝できない確率は六分の五ですね。

三十七年間優勝できない確率は、さいころを振って三十七回連続で一の目が出ない確率に等しい。すなわち六分の五の三十七乗。

手もとにある十桁の電卓で計算したところによると、ふうむ、約一・三パーセントか。

今ひとつ、感動に乏しい数字だな（とほほ、計算しなけりゃよかった）。いや、待てよ、三十七年間優勝できなかったチームが三十八年目に優勝する確率となると、これに六分の一を掛けるわけだから、約〇・二パーセントだ。だいぶよくなってきたぞ。

って、おい、おい、それじゃあ粉飾決算でしょうが。

では、口直しに、わたしの訳した本が五十冊連続でベストセラーを逃す確率を……ああ、華やいでいた気分が、どんどん暗くなっていくなあ。

ま、志を持ち続けていれば、いつか花咲く日が来るのだと、ベイスターズは教えてくれた。問題は、寿命が尽きるのと花が咲くのと、どちらが早いかということだけで……。

駄馬翻訳家の初夢

負けちゃいましたねえ、タイキシャトル。この号が出るころには、すっかり古い話題になっているることだろうけど、一九九八年後半の世相を象徴するようなレースでした。

天皇賞でサイレンススズカがまさかの骨折→予後不良（合掌）となり、エリザベス女王杯でエアグルーヴが負け、そういう流れが、菅直人大こけスキャンダルあたりと連動して、どうにも人心の拠りどころがなくなっていた時期に、このフランス帰りのシャトル君だけは、悠々と横綱相撲を取って、それも並みの横綱ではなく、全盛期の北の湖みたいな憎らしいほどの強さで、マイル・チャンピオンシップを制してみせた。

だから、その四週間後のスプリンターズ・ステークスでの単勝一・一倍という人気には、不況、不倫、不浄、不信、不透明、不安定、と「不」だらけの年の瀬を迎えた日本国民のすがりつくような思いが込められていた、と解釈してしまうのは、牽強付会というものでしょうか。

でしょうね、はい。

ま、このレースのあとには、タイキシャトルの引退式などというのが予定されていて、ファンのほうはお祝儀みたいに馬券を買ってしまい、馬や騎手や厩舎の側はちょっとだけ余分に力が入ってしまったのかもしれない。

結果は、果敢に勝負をしかけてきた若武者マイネルラブに競り負け、同期のグランプリ牝馬シーキングザパールにも抜かれての三着だったわけで、要するに、タイキシャトルも人の子だったということだ。あ、馬の子か。

重賞七連勝、GⅠ五勝という華々しい戦績に、最後でちょっぴりけちがついた格好だが、いいじゃないですか。セ・ラ・ヴィ、これも人生。あ、馬生か。

とにもかくにも、五歳という働き盛りの年で引退して、タイキシャトルはこれから繁殖生活に入るという。

これが、なんともうらやましい。だって、あなた、繁殖生活ですよ。

なんかこう、臆面もなく生々しい。それでいて、堂々としている。ビッグ・ビジネスとしての種付け三昧。

いや、いや、もちろん、お仕事なんだから、それなりのご苦労はおありになるかと存じますが……って、ついつい卑屈に構えてしまいつつも、わたし、種牡翻訳家などという職業を夢想するんである。

すなわち、現役の翻訳家としてある程度の実績を残すと、元気なうちに引退して、繁殖に入るわけですね。空気のいい田舎に引っ越して、適度な運動で体調維持に努めながら、朝から晩まで、精のつくものをひたすら摂取する。

お仕事の声がかかると、地元の〈翻訳ファーム〉別館・交配センターとかいうところに出向いてって、まあ、大物の種牡翻訳家ならスイートルームが用意されてるんでしょうが、わたしぐらいのランクだと、三階裏手の五番種付け室かなんかに連れていかれて、本日のお相手と対面する。

お相手って言ったってねえ、自分で選べるわけじゃない。ちゃんとブリーダーがいて、例えば、フランスのGI級ミステリーの訳者を産出するためには、タイキシャトル級の牡とシーキングザパール級の牝を交配させなくては、というようなことになる。

ハードボイルド血統の牡とSFプロパーの牝との配合で、サイバーパンク訳者をこしらえる、とか、ハイテク官能小説（どんな小説じゃい！）の人材が不足しているから、軍事スリラー訳者とエロチック・ロマンス訳者を掛け合わせる、とか……。

当然ながら、売れっ子の種牡翻訳家は引く手あまたで、あちこちの名牝とお手合わせし、次々に良血の産駒を出版界に送り出す。毎年暮れになると、『この種翻がすごい！』とかいうムックが出て、産出訳者数、訳書の総数、増刷率などのランキングが発表される。

リーディング・サイアーともなれば、翌年の種付け料は大幅アップ、講演の依頼も殺到して、充実一途の余生が保証されちゃう。

そこへいくと、わたしなんぞ、元がよろず引き受けますの三流ユーティリティー・トランスレーターですからね。ブリーダーも相手選びに気合いが入らない。

五番種付け室で待っているのは、よそじゃお呼びがかからないような、訳あり、難あり、癖あり、疵《きず》あり、毒あり、運なし、品なし、徳なし、やる気なし、おまけに賞味期限切れの、なんと十拍子そろった駄牝ばかりです。

こんなはずじゃなかったのに。って、泣きごとを言ってもしょうがない。自分で選んだ道じゃないか。かくなるうえは、並行輸入でバイアグラを一トンほど……。

と、大幅な採算割れを起こしたところで、三流訳者は悪夢のような妄想から覚めるのである。いやあ、AV男優も楽じゃないっすね（なんのこっちゃ）。

そもそも、われわれの業界（AV業界じゃないよ）には、引退という概念がなじまない。なぜかとつらつら考うるに、ひとつはまあ、稼ぎが少なく、老後の保証もなく、辞めるに辞められないからだろう。

しかし、もっと大きな理由は、小説を翻訳するという行為自体に、老後の趣味を先取りしているような部分があるからではないか。

少なくとも、わたしの場合、この仕事から撤退して、もっと楽しい趣味を見つける自信がない。六十の手習いを三十で始めてしまったようなものだ。

でも、敬愛する同業の名牝U田K子さんは、今手がけている本を訳し終えたら、引退するという。そのあとは、人を集めて酒宴三昧の生活を送るべく、最近、飲んで騒げる新居へ引っ越したそうだ。

う〜ん、そういうのもありかなあ。

わたしゃまだ、元が取れてませんからね。まあ、二十年は現役でやっていこうと、近くが見えにくくなった目を遠い未来に向けるきょうこのごろではあった。

来る春をしばし遠ざけ……

このところ毎年、寒さがゆるみ始めると、おい、おい、もう春かよ、ちょっと待ってくれよ、と言いたい気分にさせられる。

いや、もちろん、咲き乱れる万朶《ばんだ》の桜を、ベイスターズ連続優勝に向けてのペナント・レース開幕を、四歳優駿が覇を競う皐月賞や桜花賞を、ひと並みに心待ちにする気持ちはあるんです。

でも、だからこそ、そう簡単に春になってくれるなよ、と思ってしまう。手順ってものがあるだろう、と思ってしまう。

こちとら、ようやく皮膚が寒さになじんで、冬用の体になってきたところだ。まだまだ、冬を味わい尽くしていない。

いいえ、冬といっても、スキーだとか、スケートだとか、雪見酒だとか、寒中水泳だとか、フルヤ・ウインターキャラメルだとか、そういう具体的な、楽しげな冬じゃなくてですね。なんかこう、秋のわびしさに一本芯が通ったというか、朝水道の水で顔を洗うときに気合いが必要というか、太郎の屋根に雪ふりつむというか、あめゆじゆとてちてけんじやというか、書いているうちに自分でわからなくなってきたけど、要するに、肉体と精神のモードとしての冬であります。

その冬をきちんと消化できないうちに春になられちゃっても、困るのだ。このモードで、もう少し冬を過ごしたいのだ。べつに、冬が好きなわけじゃないし、変化を疎《うと》むというのとも、ちょっと違う。

まあ、単に、季節の巡回スピードについていけなくなっただけのことかもしれません。なんちゅうか、行く春を惜しむその前段階として、来る春をしばし遠ざけたいという気がするのだ。遠ざけたって、どうせ来ちゃうんだからさ。

春にかぎらず、来るとわかっているものは、特にうれしいことや楽しいことは、できるだけゆっくりと来てほしい、というのが、ここ数年のわたしの気持ちのありようですね。

それに、冬のぶんの仕事がまだかたづいてない、という事情もあるなあ。それを言ってしまうと、秋のぶんだって、夏のぶんだって、去年の冬のぶんだってあるし、三年前の締切でまだ取りかかってない本だってある。いや、いや、一九九〇年に引き受けた百九十ページの短編集が、あと八十ページほど残ってるぞ（忘れたわけじゃなくて、遅れてるだけですから、ご安心ください、★★書房さん）。

結論づけてしまうと身もふたもないけど、周りの景色を見ながら、のんびり歩きたいってことですかね。

この連載を始めた四年前は、自主懲役状態で、ほんと、罪を償うみたいに、青筋立てて働いていた。

今も、自宅軟禁状態で、忙しさそのものはそれほど変わりない。起きてから寝るまで、ずっと仕事をしていて、休みもほとんど取れずにいるのだが、青筋は立たなくなった。

さっさと仕事をかたづけて、早く楽になりたいという前向きの気持ちが失せ、だからといって、楽になってもしかたないという後ろ向きの気持ちにも傾かず、とりあえず小出しに楽をしていこうという横向きの気持ちで、日々を送っておるのです。

こういうの、初期老人力とでも呼べばいいんだろうか。今までは、ぬくぬくするためにせかせかしようというアリさん的な勤勉さで働いて、結果的には、せかせかの拡大再生産を招いてきた。せかせかの肥大が、ぬくぬくをどんどん先送りしていった。

まあ、そのおかげで、このきびしいご時勢になんとか暮らしていけてるわけだが、いつまでもそれじゃ、もちませんわね。

この連載を引き受けたのも、どうせ忙しいんだから、毛色の違う忙しさをかかえ込むのも一興じゃ、というやけくそぎみの〝若気〟からで、今思うと、無謀な拡張策だった、と言わざるをえない。書き始めてみてつくづく、翻訳家は物書きではないことがわかった。

いえ、ちゃんと両方こなしちゃう人もいるんですが、わたしにはどうも無理でした。

隔月というサイクルは、仕事の条件としては相当〝ぬるい〟はずなのに、毎度、毎度、ネタがない、筆が進まない、締切に間に合わない、できあがったものがつまらない。

経験としちゃおもしろかったし、得るものは自分なりにたくさんあったけど、苦しさともどかしさは増すばかりだった。

月刊誌に連載を持ってる人は、それだけでえらい、と思いますね。週刊誌となったら、もう殿《てん》上人《じょうびと》だ。

敬愛する殿上人のひとり、ナンシー関さんが、ある連載コラムで、女子アナウンサーのいわゆる〝才色兼備〟の仕組みを、「見る側が積極的に『才』を汲み取り、『色』にゲタをはかせる」と喝破していて、思わず座布団を献上したくなりましたが、考えてみりゃ、笑いごとじゃない。

翻訳家の書く雑文も、もしかすると、似たようなゲタを履かされているのではなかろうか。えっ、壮絶な勘違い？　ま、そうかもね。商品価値に差がありすぎる。

商品価値といえば、毎回、つたないわが文を〝包装〟で引き立て、繕《つくろ》ってくれていたのが、竹口義之さんのイラストである。こりゃもう、みごとなくらい、執筆者本人より数段ほのぼのとしたキャラクターが、できあがっちゃってます。なんだか、うれしい。面識がないのが、幸いしたんでしょうね。深く深く御礼申し上げます。

彩り少なき人生ながら、この四年のあいだには、翻訳囚人同盟の旗揚げがあり（いつのまにか、ヴァーチャル団体になってしまったけど）、パソコン導入があり（今はもう四台め）、引っ越し＆職住合体があり（〝ひとりひと組の布団〟の悲願達成）、ベイスターズ優勝があった（うるうる）。

今後は、ひたすら本業に精を出しながら、実人生が少しでもこの連載タイトルに近づけるよう、のんびり歩いていく所存です（ああ、また締切に間に合わない！）。

お便りだけが
頼りです

うなずかせるの巻

テリ・マクが弾んでいる。いえ、いえ、マクドナルドのテリヤキ・バーガーではないですよ。『ため息つかせて』（新潮文庫）のテリー・マクミラン。話題のアメリカ黒人女性作家だ。

『ため息つかせて』という小説は、アリゾナ州のフェニックスに住む三十代後半の黒人女性四人の、家庭生活、恋愛生活、職業生活の破綻、修復、展開、鬱屈、刷新を、四人の間のフレキシブルな友情を絡《から》めて描いた〝ファニーでコミカル〟な物語。構えず、背伸びせず、悲観せずという絶妙なスタンスで、等身大の〝女ざかり〟が語られる。

要するに、〝若気〟の尻尾を引きずりながらも、人生の収支がそろそろ気になり始めたおもしろい年代の女たちの本音が飛び交っているわけで、しかも、出てくる男どもが情けない欠陥品ぞろいときているから、これでもかとばかりに罵言が浴びせられる。いやあ、痛快、痛快。思わずうなずく女性読者も（思わずうつむく男性読者も）多いことだろう。「醜い」「バカ」「刑務所に入ってる」「失業中」「クラック中毒」「ちび」「嘘つき」「いい加減」「無責任」「独占欲の固まり」「卑劣なワル」「浅薄」「退屈」「六〇年代にしがみついている」「横柄」「ガキっぽい」「弱虫」「バカみたいに古臭くって頑固」「ファックもろくにできない」と、連射されるくだりもある。

そう、原作の跳ねるような軽妙さを、松井みどりさんの訳文ががっちりと摑まえて、日本語に再現している。全編を貫くスピード感は、文章のバランスのよさから来るものだろう。著者序文にも本文にも訳者解説にも出てくる「ありがとね」ってのが、なかなか効果的で、耳に残りました。

さあて、宿題、行きましょう。“wearing and filing suits”の“suits”に「背広」と「訴訟」の意味が引っ掛けてあったわけで、その点はほとんどの人が読み取っていたようだが、これを日本語の駄《だ》洒落《じゃれ》にするのはひと苦労だよなあ。残念ながら、最優秀に該当する作品はなかった。もうひと息という佳作を、洒落の部分だけを挙げておこう。M・Aさん（伊勢原市）の〈いい服着て、裁判じゃ言い含めてやる〉、匿名主婦さん（茅ヶ崎市）の〈背広で手広く訴訟〉、S・Kさん（西宮市）の〈裁判で稼いでサイパンで散財〉など……。

おや、ちょっと待ってください。審査会場に、プロ翻訳家が乱入だあ！ 鴻巣友季子さんの〈いっそ弁護士にでもなってパリッとした服を着こみ、ついでに着服事件なんかも片づけてすごそうか〉――うーむ、ちゃんと洒落になっている。筆者訳例を示しにくくなってきたなあ。目をつぶって読んでください。〈弁護士にでもなって、告訴や目くそや鼻くそをほじくっているほうが、まだましだ〉

今月は簡単な課題にしよう。駄洒落も下ネタもなし。まあ、訳語コンテストですね。

“Tokyo is ugly. It looks as if it were hit by an anti-charm missile.”

くらませるの巻

いやあ、そう、そう、そうだよねえ、と思わず膝を打ったのは、早川書房リヴァーサイド・プレスの投げ込みリーフレットに載っている海老沢泰久氏の推薦文。

「成熟した人間は、青年のころの驚きや感動を失ったことを悲しんではならない。あれは無知の産物だったのだから。成熟した人間は、失ったこと以上に、知ったのである。知を満足させるのはたいへんだ。涙などでは騙せないから」というんです。

まったくだよ。そりゃ、人妻とさすらいのカメラマンのせつなくも美しい恋物語に涙するのは、ちっとも構わない。ぼくだって、あれはなかなかいい小説だと思いました。だけど、あんなに売れてしまうと、まじめに取り上げる気にもならない。一冊の本が百五十万部近く売れるよりは、それぞれ趣向の違う十五冊の本が十万部ずつ売れるほうが、読書のありかたとしては健全じゃなかろうか。

特に、個人的な好みからいうと、ユーモア方面にもっともっと読者が流れ込んできてほしいと思う。リヴァーサイド・プレスの品揃えを見てごらんなさい。第二回配本までで翻訳ものは三点だが、ウフフやクスクスやゲラゲラにちゃんと目が届いている。訳者も、田村義進、高儀進、田中一江と、そのスジの一流どころ。Ａ５判で、活字もゆったり、装丁よし、インクの色にまで芸がある。

こういう企画が成功するかどうかは、日本の読者の成熟度いかんにかかっていると言っていい。となると、望み薄のような気もするが、いや、いや、悲観しちゃいけません。リヴァーサイドよ、健闘を祈る。

さて、今回から豪華賞品付きになって流血の争いも予想される宿題だが、前回に続き、"Dave Barry Does Japan" からの出題でありました（訳書『デイヴ・バリーの日本を笑う』は集英社から出たばかり。買ってくれても怒らないぞ）。'anti-charm missile' をどう訳すかという問題だよね。

Ｓ・Ｉさん（長野市）の〈枯街剤でも撒かれたみたい〉は、おもしろい発想だが、街が枯れちゃったわけじゃないからなあ。Ｓ・Ａさん（川崎市）の〈㊮ブチ壊しミサイル〉、Ｓ・Ｋさん（西宮市）の〈悪趣味ミサイル〉、Ｎ・Ｉさん（鎌倉市）の〈魅力粉砕ミサイル〉、いずれもちょっとずつパンチ力を欠いている。

今月の最優秀は、これ。よく読むと筋が通っていないのだが、言葉の世界がちゃんとできあがっていて、目をくらまされます。**〈汚れちまった東京に、靡爛《びらん》の雨の降るごとく〉**Ｋ・Ａさん（葛飾区）でした。パチパチパチ。こんな色紙もらっても、処分に困るかもしれないけど、魔除けにはなると思う。

次なる宿題は、ある人物への悪口です。誰のことを言っているのか、考えながら訳してみてください。

He has big lips. I saw him suck an egg out of a chicken. This man has got child bearing lips.

響かせるの巻

「非常に文体に凝る作家がいるかと思うと、内容の方が先に立つ作家もいる。……文体というのは、その人の文章テクニックや思想、美的センスなどを総合したものだ」

ふむふむ、なるほどと思うでしょう。実はこれ、立風書房から最近出た『200クラシック用語事典』の中の〝ピアニズム〟についての解説文から採ったもので、この項の執筆者はピアニストの青柳いずみこさん。ピアニズムとは、〝ピアノ音楽に特有な作曲技法、演奏技法。または、それによって得られる効果〟だそうで、ベートーヴェンのソナタなどはピアニズムが前面に出すぎると邪魔になり、逆にリストやラヴェルの作品の場合は「ピアニズムを禁止されたら、演奏そのものが消滅してしまうかもしれない」というんですね。

うーん、翻訳に似てはいないだろうか。文芸にだって、凝りすぎると嫌味になる作品と、文体こそすべてという作品があるよね。青柳さんも〝演奏／演奏家〟の項で、翻訳と演奏は「原作と受け手の間でマゾヒスティックに悩む点は、同じだ」と書いている。つまり、作曲者（原作者）の意図を正確に伝えるべく、お互い呻吟《しんぎん》しているというわけだが、「かといって、作曲した当の本人に喜ばれる演奏がいいかというと、必ずしもそうではない」ところが厄介で奥深い。

いや、今月は書きたいことが別にあったのだけど、たまたま手にしたこの本が、おもしろいうえに示唆に富む内容だったので、ついつい取り上げてしまった。表現という行為と切り結ぶ覚悟を持つ人には、びんびんと響いてくるものがあると思う。ぜひ読まれよ。特に、N響のヴァイオリニスト鶴我裕子さんの担当項目は、深遠かつ軽妙なエッセイとしても〝名演〟の域に達している。

さて、宿題だが、低調でしたね。出典は、*The Bedside Book of Insults* というイギリスの本。侮辱なんだから、どぎつく、威勢よくいきたいものだ。なのに、みんな、おとなしすぎる。日本たらこ唇協会からの抗議でも気にしているのでしょうか？　まあ、誰に対する侮辱かがわかりにくかったようで、致し方ないかもしれない。正解は、ミック・ジャガーでした。大多数の人が"child-bearing lips"で悩んだらしいが、「身ごもってでもいるように腫れた唇」という単純な意味だと思うよ。近いのは、M・Aさん（葛飾区）の〈孵卵器標準装備の口〉ぐらいか。

最優秀は、久々の投稿で堅実な攻めを見せ、総合点を稼いだ生活疲労的匿名主婦さん（茅ヶ崎市）だな。〈その男は分厚い唇を持っている。ぼくは彼がめんどりの尻から卵を吸い出すのを見たことがある。その唇は、子どもを生むことだってできるのだ〉

今月の宿題は、短く決めましょう。アメリカのある大統領に対する評言です（これは見当がつきやすいだろうな）。

"A triumph of the embalmer's art"

期待させるの巻

この四月、福武書店がミステリペイパーバックスという翻訳ミステリーのシリーズの刊行を開始した。話題沸騰、というほどの騒ぎにはならなかったけど、本屋さんで目にした人も多いことでしょう。

ところで、本屋さんのどこに置いてありました？　平台なら、まず問題はない。棚差しになったときに、どんな本の隣りに置かれるかが、このシリーズの不安材料というか、見通しの立てにくい点なのだ。

つまりは、判型の問題です。〝ペイパーバックス〟と銘打っているが、要するにこれ、新書判なんですね。早川のポケミスよりやや背が低く、幅が広い。国産ノヴェルスとほぼ同型。本屋さんにしてみると、翻訳ミステリーの主流である四六判ハードカバーの横には置けないし、かといって文庫の棚に入れるわけにもいかない。扱いに困るシリーズだ。

いえ、いえ、難癖をつけようというんじゃありません。八年前に創刊されたサンケイ文庫（現・扶桑社ミステリー）や二見文庫と同様、若い訳者が育ってゆく場になることを期待しつつ、先行きを見守りましょう。

そのミステリペイパーバックス、五月刊のネヴァダ・バー『山猫』で、新人・布施由紀子さんが、新人離れした完成度の高い訳文を披露してくれている。グリッピングというんですかね。読者の目を、耳を、心を、ぐっと引きつけるような表現が随所に見られ、それでいて全体に抑制がきいているのだ。

「恐怖がアンナの足首をそろりとなめた」なんて、そそるじゃありませんか。だけど、布施さんのよさは、そういう〝読ませどころ〟が他の部分から浮き上がっていない点だろう。料理も器もしっかりしているということだ。まあ、要注目の大型新人であります。

さてと、ここで宿題なんですが、今月は最初から謝っちゃおう。最優秀賞は、該当作なし。いえね、ぴんと来る作品がなかったもんだから、出題を読み返してみたら、ちょっとわかりにくすぎた。あの〝A triumph of the embalmer's art〟というのは、レーガン元大統領への揶揄で、要するに、老体をあちこち補修しながら任期を務めたことをからかったものなのだが、あれだけのヒントじゃ訳せないよね。出題者のミスでした。ごめん。

参考までに、過去二度の受賞に輝く匿名主婦さん（茅ヶ崎市）の訳を挙げておこう。

〈死体防腐処理法が生んだ最高傑作〉

今月は、わかりやすくいくぞ。イギリスの故ウィンストン・チャーチルさんがドイツの故アドルフ・ヒットラーさんを評した言葉です。思いっきり訳してほしい。英和辞典には出てこないような斬新で過激な訳語を待っています。

〈今月の課題〉〝this bloodthirsty guttersnipe〟

妬かせるの巻

三月に出た本だけど、チャールズ・ブコウスキー『町でいちばんの美女』（新潮社）がいい。訳者は、作家の青野聰さん。

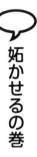

露悪的に見えて、でも抑制の背骨が一本通っている。投げやりに見えて、でもしたたかな作意に支えられている。

〝訳するにあたって二、三のこと〟と題されたあとがきで、青野さんは「原文に忠実に訳した、とはいえない。私が忠実だったのは、日本語で書かれた小説として品質を高めること、そうしないと気分が悪くなる。私自身の生理のようなものにたいしてである。そのために、意訳、誤訳、超訳、抄訳、直訳、編集など、つかえる手はすべてつかった。いま、読み返してみて、これらは翻訳したのではなく、私が書いたのだ、ブコウスキーといっしょに創作したのだという思いが強い」と書いている。うーん、嫉妬してしまいますよね、この翻訳態度。

作家だから許されたという部分は、きっとたくさんあるだろう。ただ、使える手をすべて使って、著者といっしょに創作していくという姿勢は、ある意味で文芸翻訳の基本であり、理想でもある。その姿勢のバックボーンとして、青野さんは訳者自身の〝生理のようなもの〟を持ち出してきたわけで、これは何か、われわれが従事している翻訳という作業の急所を、がばっとつかんで、白日のもとにさらしてくれたような、恥ずかしくも痛快な至言というべきではなかろうか。

今後、青野さんのあとがきのこの部分を、文芸翻訳の金科玉条、略して〝金玉〟と呼び、しっかりと股ぐらに、じゃない、脳みそにぶら下げていくことを、当欄は提言する。

さて、さて、宿題。今回は、ずいぶん応募のはがきが多かったなあ。食いつきやすかったということでしょうか。短い罵《のの》り言葉だけに、ひと息で読めることが必須条件だ。〈ウィーンのどぶ川を泳ぎ回って育ったピラニアの化け物〉なんて、発想はおもしろいけど、いくらなんでも長すぎる。インパクトが分散されて、薄まってしまうよね。〈生き血のジュースをもっともっと欲しがる吸血浮浪児〉〈三度の飯より血を好むドブネズミ野郎〉なども、情報を詰め込みすぎて、各語の効果が相殺し合っている。

そう、思いきり削って、凝縮することだ。〈血に飢えた宿なし殺人鬼〉〈この流血残忍低俗野郎〉の二編はかなり惜しいが、これでもまだ言葉が余りぎみ。〈この吸血ドブネズミめ〉のM・Aさん（葛飾区）は、色紙保持者だから今回は遠慮してもらおう。〈このスラムあがりの吸血鬼め〉のS・Nさん（町田市）は、次回以降に期待。

今月の最優秀賞は、初投稿・H・Iさん（枚方市）の〈殺人マニアのウジ虫野郎〉です。そして、該当者のなかった前回の分の色紙を、〈この血に飢えたごきぶり野郎め〉のM・Sさん（東村山市）に差し上げましょう。どちらも〝程のよい〟作品でした。

次なる課題は、ある劇作家が前アメリカ大統領ジョージ・ブッシュ氏を評した言葉だ。ブッシュさんも、ここまで言われちゃ気の毒だが、手加減せずに訳してみましょう。
〈今月の課題〉George Bush is a fake, a fool, and a wimp.

怒らせるの巻

今月は、またまた課題への応募原稿がどっさりと届いたので、いっそのこと、それを本題に取り上げてみよう。

つまり、〝罵倒語〟です。文芸作品を、特に会話の多い小説などを訳していると、原文に登場する罵倒語、侮辱語、悪態の量と多彩さに比べて、それを受ける日本語の語彙があまりにも貧弱で困ってしまうことがよくある。創意に富んだ、威勢のいい英語の罵倒語がぽんぽんと飛び交っているのに、いざ訳そうとして、英和辞典を引いてみると、どの単語に対しても「ばか野郎」とか「ろくでなし」とか「くそったれ」程度の陳腐で決まりきった訳語しか載っていない。

それを引き写すんじゃ、いくらなんでも芸がないから、罵倒語が出てくるたびにうんうん唸《うな》って、場面にふさわしい訳語をひねり出すことになる。出たとこ勝負というやつだな。それはちょっと効率が悪いというんで、わたくし、二年半ほど前に、翻訳学校の生徒たちと共謀して、翻訳文に使用可能な罵倒語を蒐《しゅう》集《しゅう》してみました。

集まった、集まった。いろいろ文献もあさり、十五人で二週間かけて、六百語以上。いやあ、壮観でしたよ。これだけあっても、実はまだ万全とは言えないのだが、とりあえず発想をふくらませるための素地はできた。今では、全員の貴重な共有財産になっている。

それから、思わぬ副次的効果がありましてね。むしゃくしゃしたときに、憎い相手の顔を思い浮かべて、この罵倒語集を音読すると、気分がすっと晴れるのだ。ぜひ、ぜひ、全国各地で、こういう蒐集作業を推進してほしい。斬新な訳語を思いついたら、当研究室へ知らせてください。

というわけで、課題だ。"George Bush is a fake, a fool, and a wimp"でしたね。応募数が多かった割に、バラエティーの面で物足りなかったのは、やはり、英和辞典の訳語の枠を超えるのがむずかしいということだろう。わが罵倒語集に新たに収録できそうなのは、T・Mさん(大阪市)の「バッタもん」とYUさん(摂津市)の「へたれ」ぐらいのものだった。

三つの罵倒語の意味だけを拾っていくと、R・Eさん(練馬区)の「見かけ倒しで、能なしの役立たず」、M・Sさん(東村山市)の「ぺてん師で、ばかで、その上いくじなし」、Y・Oさん(田無市)の「インチキ野郎でアホンダラ、その上小心者」あたりで、とりあえずは十分でしょう。

ひねった例では、前回最優秀賞・H・Iさん(枚方市)の「大統領の仮面をかぶった政的不能のダメオヤジ」が光った。

四文字一音節の単語が三つ並んでいる点に注目すれば、当然出てくるのが〝韻を踏む〟というやり方だろう。M・Nさん(越谷市)の「ペテン師、ピエロ、ポンコツの3P」はおもしろい。Y・Wさん(所沢市)の「インチキ、トンチキ、おまけにチャンチキ野郎」も、音が楽しい。

その他、Ｎ・Ｔさん（世田谷区）、Ｋ・Ｉさん（倉敷市）、Ｍ・Ｏさん（名古屋市）、Ｍ・Ａさん（葛飾区）、Ｅ・Ｔさん（神戸市）、Ｙ・Ｈさん（横浜市）らの力作を僅差で退けて、今月の最優秀賞に輝いたのは、Ｋ・Ｙさん（高槻市）の〈ジョージ・ブッシュは能なし玉なしのペテン師だ〉でした。

この調子で、次回もにぎやかに行きましょう。かのシェークスピアへの罵り言葉だ。

〈今月の課題〉A sycophant, a flatterer, a breaker of marriage vows, a whining and inconstant person.

すくませるの巻

この号が出るのはクリスマス直前だから、ちょうどいいかもしれないな。秋に刊行された本だけど、Ｒ・Ｄ・ウィングフィールド『クリスマスのフロスト』（芹澤恵訳、創元推理文庫）を大プッシュしよう。

別冊宝島「このミステリーがすごい！」95年版でベスト10に入ったくらいだから、作品のおもしろさも保証付きだが、翻訳がまたいいんですよ。バベルの日本翻訳大賞・新進翻訳家賞を受賞して二年余、芹澤さんはなおも精進を重ねてきたようだ。

のっけから、〈冬場の短命な昼間の明るさが早々と夜の緇衣《しえ》に覆われはじめ〉などと、おじさん訳者をすくませてくれます。緇衣なんて言葉、知ってました？　わたしゃ、あわてて辞書を引きましたよ。引いたからには、前々から知ってたような顔をして、以後堂々と使わせてもらうけど……。〈万遺漏なきを期した、鉄壁の態勢〉というのもありました。

いや、いや、むずかしい言葉を知ってればいいってわけじゃない。それをしっかり受け止める文体があるからこそ、語彙が生きてくるのだ。ピーター・ストラウブの大作『ミステリー』（扶桑社）の翻訳を経て、芹澤さんは磐石の文体を身につけたのではないだろうか。もともとうまい訳者ではあったが……。

なんでもない箇所だけど、〈新品のスーツの、なんと……なんと、派手なこと〉というような処理のしかたにも、〝洗練〟を感じた。細部まで神経が行き届いているんですね。

おじさん訳者にとっても、これはたいへんな刺激だけど、翻訳学習者には、盗みたいテクニックの宝庫というべき一冊だろう。盗め、盗め、大いに盗め（これ、窃盗幇助の罪になるんでしょうか？）。

さてと、宿題ね。原文がごちゃごちゃした感じだったので、みんな、整理するのに苦労したようだ。でも、単なる英文和訳から〝罵倒芸〟の域へのし下がろうとする意欲作が多くて、出題者としてはうれしいかぎりです。

リズムよくコンパクトにまとめたのが、Y・Mさん（東大阪市）の〈口八丁の手八丁。浮気・うそ泣き、誠意なし〉。K・Iさん（倉敷市）の〈品性下劣の男芸者　女房泣かせの罰当たり　うじうじ腐った尻軽男〉も、よく練られてますね。

アイデア賞を差し上げたい（けど差し上げない）のが、ハムレットのせりふ風に訳したM・Oさん（尼崎市）、動物尽くしで迫ったT・Hさん（文京区）、なんと「沙翁讃歌」という罵り歌を作って楽譜付きで投稿してくれたM・Aさん（葛飾区）。

T・Nさん（岡山市）、M・Tさん（大阪市）、N・Tさん（世田谷区）、Y・Hさん（横浜市）、M・Yさん（中野区）が、もうひと息の努力賞。

今月の最優秀賞は、食い気に走って〝ひねり〟の極を行ったE・Tさん（神戸市）だ。〈シェークスピア弁当：米搗《こめつ》きバッタご飯に、胡麻をたっぷり摺り、愛の契りを破って散らし、浪花節の佃煮と骨無しクラゲの酢の物を添えて、どうぞ〉だって。

おまけに、前々回の受賞者・M・Sさんの戯《ざ》れ句を載せておこう。〈悪口を褒められ頓馬《とんま》嬉しがり〉。次回は、文豪シリーズ第二弾、ヘミングウェイで行くぞ。

〈今月の課題〉He sold himself a line of bullshit and he bought it.

覚悟させるの巻

カネは使うためにあるもので、カネに使われちゃいかん、というんですな。

しかるのちに、言葉もカネといっしょである、と急所を突いてくる。なんとも油断のならない本であります。

今月のお薦めは、翻訳書ではない。いわゆる文章読本の類《たぐい》に属するのだが、実践的なテクニックよりも、文とか言葉とか思想とかと切り結ぶ〝覚悟〟みたいなものを、柔らかく説いた文芸生活心得入門篇とでも言おうか。

里見弴《とん》『文章の話』（岩波文庫）です。

元版は昭和十二年の刊行で、なんと小学生向けに書かれたものだ。しかし、侮るなかれ。この文豪は、けっして高いところから自説を述べているのではなく、読者を対等の立場に置いて、熱っぽく、小気味よく、そして、きわめて平明に、文章作法を、ひいては人生を、人間を語っている。「人間はうそのつける動物なり」というのは卓見だが、その定義を導き出すまでの論理の展開が、これまた鋭く、かつ楽しい。うそのプロフェッショナルによるフィクション論にもなっています。

巻末近くの「細瑾《さいきん》」という項では、〝初歩の文章にありがちな欠点〟として、係り結びのおかしい文を挙げ、それは文法上の間違いというより、あたまの問題だと難じて、「文法に従わない文章を書くのは不可なり。そういう文章を読むことは頭脳を浪費させる不快から堪えがたし」という志賀直哉の意見を引いている。いやあ、そういう初歩的な誤りが、プロの翻訳家の訳文にも、結構見られるんですよねえ。他人事じゃないか。

もの書き志望者必読の本として、推薦しておきます。その文章作法の実践を見たいという人は、同じ作者による『極楽とんぼ』（岩波文庫）をぜひどうぞ。

さあて、宿題へ行こう。正月がはさまったせいか、応募が少なかった。あまりにも単純な原文なので、かえって解釈がむずかしかったかもしれない。ヘミングウェイの自己満足、自画自讃ぶりをからかった言葉でしょうね。

R・Sさん（伊勢原市）の〈売った、買ったのナンセンスひとり芝居〉、E・Tさん（神戸市）の〈己が与太っぱちに酔うとは、いい気な御仁だ〉が、次点と次々点。

最優秀賞は、前回のE・Tさんと似た切り口でぴたりとまとめたY・Hさん（横浜市）。〈特製「手前味噌」、ヘミングウェイ様またまたお買上げです〉おみごとでした。

えー、突然ですが、ネタと色紙が尽きたので、課題はこれで打ち切ります。なんだかんだで二年も続いてたんですね。常連投稿者のK・Iさん（倉敷市）からは、自分の品性に疑いを持ち始めたという嘆きの便りも寄せられているが、この欄が、全国翻訳学習者の〝お下劣化〟に少しでも貢献できたとすれば、出題者として望外の喜びである。

次号からは、〝わたしの見つけた名訳・良訳〟というテーマで、広く報告を寄せてください。この訳文に惚れた、とか、あの訳語を盗みたい、とか、お手本にしている訳書をこっそり教えちゃう、とか、まあ要するに肯定的な書評、訳評をですね、どんどん発表して、当研究室をにぎわせてほしいのだ。

お便りだけが頼りです。

直球の巻

今月は、小品だけど心にしみる物語、シンプルで力強い本を紹介しよう。ヴェルマ・ウォーリス『ふたりの老女』（亀井よし子訳、草思社）です。

作者ウォーリスは、一九六〇年生まれのアラスカ・インディアン。自分の部族にずっと伝えられてきた物語が、近代化に伴う生活習慣の変化のせいで、若い世代に忘れ去られようとしていることに危機感を感じ、慣れないワープロを駆使して書き留めたのだという。

で、物語の内容はというと、要するに、姥捨山ね。北極圏で遊動生活を送るある集団が食糧不足に見舞われ、足手まといの老女ふたりを置き去りにする。そのふたりが先祖伝来の知恵で艱難辛苦を乗り切って、自分たちの潜在能力に目覚めるのだ。

八十歳のチディギヤークと七十五歳のサ。名前の長さもずいぶん違うけど、性格も対照的なんです、このふたり。

「心配なんだよ……この先いったいどうなるのか。いいんだよ！　なにもいわないでおくれ！」と弱気になるチディギヤークに対し、サは「どうせ死ぬなら、とことん闘って死んでやろうじゃないか！」と、ひたすら前向き、勇ましくてたくましい。

あとがきで、訳者の亀井さんはこの物語を、〝きわめてストレートに人間の可能性を描いた素朴なクリエイティヴ・ノンフィクション〟と評している。

そこがまた、翻訳作業上の難関でもあるわけで、素朴な原文の素朴さを、達意の日本語で素朴に伝えるのは、じつに容易なことではない。訳文が跳ねたり、はしゃいだり、入り組んだり、ねじくれたりしないよう、ストイックに律していかなくてはいけないのだ。

亀井さんも、〝素朴であるがゆえに、かえっててこずることの多かった訳業〟と述懐しているが、てこずった結果が、再読三読を促す佳品に仕上がったわけだから、これはもう、訳者の手並みに喝采を送るしかない。

タイトルに無理やり引き寄せるなら、老練でも、老巧でもなく、老実の筆といったところか。いや、いや、年齢とはまったく関係ありませんよ。

ところで、この本、カバーも帯もすてきなのだが、カバーを剝いだ姿が、またとてもいい（本屋さんの店頭で、カバーを剝いだりしないでくださいよ）。内容にも、訳文にも、装丁にも、〝生成り〟の風合いが感じられる一冊だ。

読者投稿の〈わたしの見つけた名訳・良訳〉は、応募が少なかったので、次回に回します。じゃんじゃん本を読んで、じゃんじゃん書評しましょうよ、ね。

剛球の巻

つい最近訳了したサスペンス小説に、〝クルツを捜して奥地に踏み入るマーロウのように〟というくだりが出てきて、このマーロウがチャンドラー作の私立探偵ではなく、ジョーゼフ・コンラッド『闇の奥』の語り手兼主人公であることは調べがついたので、これを機に、噂に高いこの名作を読もうかと思ったのだが、そのときはとても時間的余裕がなく、決意倒れに終わった（よくあることだ）。

ところが、次に訳し始めたノンフィクションの冒頭に、いきなり、〝We live, as we dream——alone.〟という『闇の奥』の一節が登場して、わたし、もう覚悟を決めました。こりゃ、何かの縁なのだ。無理してでも、この際読んでおきましょう。

というわけで、岩波文庫版を読んだ。訳者は、中野好夫さん。

暗黒大陸と呼ばれたころのアフリカの奥地の物語だが、原住民の生活を含めた自然の描写が圧巻です。人間という存在の〝闇の奥〟にも通じるような、荘厳な、一種哲学的な風景が、大迫力で眼前に迫ってくる。

中野さんの訳文は、終始格調高く、このコンラッドの原文の、硬質で喚起力に富む深い味わいを写し取っている。

　ぼくにとって、これは二重の感動だった。二、三か月前に、ジェイン・オースティン『自負と偏見』（新潮文庫）で、柔らかく軽妙な中野さんの訳文に接したばかりだからだ。

『英文学夜ばなし』（岩波・同時代ライブラリー）の中で、中野さんは、翻訳に取りかかる際の基準として、原作が原文の読者にどう読まれるかということをまず考える、と書いている。「それによって、ユーモア溢れるものなら、翻訳でもユーモアたっぷりに、浪曼的なものなら、やはりどこまでも浪曼的に、そして深刻なものは、やはり訳文でも深刻に」訳すというんです。そのうえで、解説なしに訳文だけでわかってもらえる「一人歩きのできる翻訳」をめざす、と。

　まあ、基本中の基本ではありますが、われわれの大先輩が、そういう姿勢を実践で示してくれているのだから、後輩翻訳者としては、敬意をもってそれに学び、その土台の上に何かを積み上げるべく、真摯に努力していかなくてはならないと思うのである。

　あれ、あれ、ずいぶんしゃちこばってしまったなあ。ごめんなさい。

　読者からの便りの中にも、先達の名訳を取りあげたものがあった。H・Aさん（明石市）は、フィルポッツ『赤毛のレドメイン家』の三種の訳書のうち、故橋本福夫氏の訳を推す。いちばん読みやすいそうです。

　現役の大御所・高見浩さんの訳文も、人気が高い。O・Nさん（佐倉市）が挙げたのは、ヘミングウェイ『何を見ても何かを思いだす』（新潮社）。作者の心にとことん寄り添う訳者の姿勢に感激したという。

M・Aさん（葛飾区）ご推薦は、グレン・サヴァン『ぼくの美しい人だから』（新潮文庫）の雨沢泰訳。十四歳年下の男を虜にした主人公ノーラの魅力が、会話の訳文から生き生きと伝わってくるんだって。

駆け足の紹介になってしまったけど、これからも投稿お待ちしてます。

死球の巻

いやはや、お暑うございます。

その昔、翻訳を始めたばかりのころ田中小実昌さんが、"It's so hot"という原文を、「暑いのなんの」と訳して、師匠の中村能三さんをうならせたって話がありますがね。

わたしの場合、忙しいのなんの、という状態が数年続いていて、とりわけ今年は、正月以来一日も休みなしで、毎日十四、五時間働いてます。それでも仕事はたまる一方。

そりゃまあ、この不況下、仕事があるだけでもありがたいと思うべきなんだろうけど、このままじゃ、ほんとに過労死だ。

強制労働収容所に、みずから進んで入ってるようなものだよな。つまり、〝自主懲役〟。そうです。仕事を断われない気の弱い翻訳者は、囚人になるしかないのです。

というような趣旨の原稿を、ある雑誌（誌名を出すと差し障りがあるので、頭文字をとって、「EQ」としておく）に書いたら、なんと、ある同業者（氏名を出すと差し障りがあるので、半分匿名にさせてもらうが、姓は伏見で、名は〝言わん〟）から手紙が来て、自分も同じ境遇で苦しんでいるから、この際、〈翻訳囚人同盟〉を結成しようではないかという提案がなされた。

わたし、思いました。翻訳というのは孤独な作業だから、自分以外にもきつい仕事をしている人がいるという、それだけで、気持ちが慰められるものなんだなあ。

囚人どうし、手を取り合おうよ、ってわけで、なんとまあ、話はどんどん進んでいって、一週間もたたないうちに、〈翻訳囚人同盟〉が結成されてしまった。

結成されたのはいいんだけど、いったい何をするんでしょうねえ、この団体。

目的もなく、綱領も定まらないうちに、第一回の〝脱獄集会〟が開かれました。参加資格は、①上下分冊の本を訳したことがある、②日光を浴びる時間が一日二時間未満、③働きすぎで世間から白い目で見られている、の三点で、この条件を満たす翻訳者は結構たくさんいそうだが、なにせ秘密の会（？）だから、方々に声をかけるわけにもいかない。

当局や看守の目を盗んで、都内某所に集結したのは、〝翻訳アップグレード教室〟を主宰する某ハイテク軍事スリラー訳者、『処刑室』などというタイトルも厚さも凶器並みの本を訳した某リーガル・サスペンス訳者、デビュー四年で三冊の訳書をベストテン入りさせた某『ミステリー』訳者、長尺ものと急ぎの本ばかりを訳しまくっている某〈明後日〉訳者、胃を壊しながら飼い犬と飼い猫のために働く某『ツインピークス』訳者、新人のくせに早くも上下本を出した某『夜の子どもたち』

訳者、いつのまにか刑務所小説専門家のレッテルを貼られた某〝クリ・ホン〟訳者、そして、保護司を務める某書評家の八人でありました。

いやあ、盛り上がるまいことか。ひたすら飲んで、しゃべって、束の間の〝娑婆《しゃば》の夜〟を楽しんだのだった。

今後は、印税率アップ、時短促進、有給休暇獲得に向けての一斉ストライキや、「翻世」誌面ジャック、全国囚人総決起集会などの活動をくり広げていく所存である。というのは、もちろんうそ。

魔球の巻

シラノ・ド・ベルジュラックというおじさんを知っているだろうか。

知らんの？　なんて駄洒落を言ってちゃいけませんが、まあ、聞いたこともないって人は少ないだろう。エドモン・ロスタン作の戯曲の主人公ですね。

岩波文庫版『シラノ・ド・ベルジュラック』の訳者は、辰野隆さんと鈴木信太郎さん。おふたかたとも、二十年以上前に亡くなっているが、手もとにある国語辞典に見出し語で名前が載っているほどの大学者です。

この翻訳がすごい。シラノはご存じ大鼻の持ち主で、剣豪でもあり、言葉を縦横に操る詩人でもあり、またけんかっ早い勇み肌の軍人でもあるのだが、あるとき、ある子爵に、鼻のことをからかわれ、むっときて、それぐらいの凡庸な悪口しか言えないのかと切り返す場面がある。そして、からかってきた相手に、逆にからかいかたを指南するのだ。

〝喧嘩腰なら「あいや貴殿、左様な鼻が某《それがし》のものなら、抜く手も見せず斬って捨てるわ！」親しい仲なら「のう御同役、小杯ではお鼻が濡れまする！　一層飲むなら腰高の大盃がよかろうて！」叙事で行くなら「そは岩なり！　そは山なり！　そは岬なり！　然れども果して岬なりや？　あらず、そは大半島なり！」物好き調なら「はてさて、だら延びのした容器《いれもの》じゃ、全体、何にするのじゃな？　鋏入《はさみい》れかな、それとも矢立かな？」都雅《みやび》で行けば「君がやさしの親心、手塩にかけた小鳥故、可愛い脚のとまり木に、その鼻先延べられい！」ぶしつけな奴は「ぱくりぱくりとお主が煙草、鼻が煙か煙が鼻か、向う三軒両隣、火事だ火事だと大騒ぎ！」戒めの為なら「鼻の重みで頭が下がる、転ばぬ先に御用心！」やさしく言って「日傘させ、小日傘かざせ傘かざせ、鼻の色香の日にうつろわぬ間に！」物知り顔なら「唯一無二の動物、アリストファネスの所謂《いわゆる》海馬と象と駱駝《らくだ》の混血獣のみ、額下のかかる骨上に、かかる肉塊をもてるなり！」ざっくばらんで「当世流行《はやり》の鉤形《かぎがた》か？　さても便利な帽子掛け！」大袈裟《おおげさ》に言やあ「やよ鼻よ、尊大の鼻、憎き鼻、疾風《はやて》ならでは風邪ひかぬ鼻！」芝居がかりは「鼻血も鼻血、実《げ》に紅海も啻《ただ》ならず！」褒めて言うなら「天晴《あっぱ》れ天晴れ麝香屋《じゃこうや》の看板大当り！」抒情で行くなら「これは是《こ》れ海若《かいじゃく》の吹き鳴らす法螺《ほら》の貝、さては御身トリトンにておわすや？」無邪気に言えば「さて評判の記念塔、何時《いつ》見物に出かけましょう？」恭々《うやうや》しく申さば「謹んで御挨拶申上候《もうしあげそうろう》、その御鼻こそは正に借家に候わず、全く自ら一家を構うるものに御座候」田舎っぺいなら「へえっ！　こりゃ鼻けえ？　そんでは有んめえ！　ちっけえ南瓜《かぼちゃ》だ、でっけえ蕪《かぶら》だあ！」号令で行きぁ「前面にあらわれたる騎兵、鼻打の構え！」世間向きなら「その鼻を富籤《とみくじ》にお出しなされ。定めし大きな当り籤でござろうがなあ！」……〟

といった具合で、セルフ罵倒の速射砲だ。お見それしやした、って言うしかないよな。シラノのおじさんにも、訳者と訳文にも……。戯曲の翻訳には、韻文を操る力が不可欠のようであります。小説も同じかもしれないが……。この文庫の初版が一九五一年、なんとわたしの生まれた年でありました。

難球の巻

読み終えて、今、う～むとうめいているところです。

位置付けのむずかしい小説だ。帯のコピーには、〝史上初、逆輸入の新しい日本文学の誕生〟と書いてある。

そう、キョウコ・モリ『シズコズ・ドーター』（池田真紀子訳、青山出版社）です。

著者は、神戸で生まれ育ち、神戸の大学から、二十歳のときにアメリカへ留学して、そのまま移住、現在は、ウィスコンシン州の大学に英文学の助教授として勤めながら、詩とか短編小説とかを書いているという。

つまり、少なくとも成人するまでは、日本語を母国語とするれっきとした日本人だった。そして、この『シズコズ・ドーター』は、日本が舞台で、登場人物もみんな日本人という純ドメスティック小説なのだ。

なのに、著者は英語でこれを書いた。

そして、アメリカで大評判になり、日本での訳書刊行が決まったとき、みずから翻訳することを拒んだのだという。

「日本語は、自分の感情をはっきり表現することを歓迎しない言語で、論理的なことだけを語り、感情を曖昧にしておく。だから、感覚や直感に頼って思考している私には、日本語は向いていない。……（日本を離れて十三年たった今）私が英語だけで思考していることも、その思考を日本語に翻訳できないことも、私にとっては不思議ではない」と、著者は書いているらしい（もちろん、英語で）。

まことに潔い態度である、と思う。

でも、訳者はたいへんだ。

だって、〝自伝的小説〟と帯にあるとおり、著者自身の体験や感情が、〝生〟に近い形で綴《つづ》られているんだもの。その体験や感情は、もともと日本語で行なわれたわけでしょう？　特に、しゃべり言葉なんて、オリジナルの日本語がはっきりとあるはずだ。それを、著者は英語に〝翻訳〟して、原作を書いた。

原作がすでに、著者自身による〝翻訳書〟みたいなことになっているんですね。訳者はそれを〝重訳〟する形になる。しかも、著者の母国語に訳さなきゃいけないというんだから、これはきついですよ。

そのきつい訳業に挑んだのは、なんと今年デビューしたばかりの池田真紀子さん。

いやはや、新人とは思えない堂々たる闘いぶりだ。文章がしっかり、しっとりしていて、破綻がない。それでいながら、〝けれん〟に走らず、抑制がきいている。

文体がやや〝若い〟かなあという気もするのだが、本書の場合、それがある意味で救いにもなっている。十代の主人公と三十代の著者の、ちょうど中間あたりの年齢層に属する池田さんが、主人公寄りの視線で文を綴ったおかげで、題材の重さ、暗さが、圧迫感を持たずに胸に迫ってくる。

デビュー作のスティーブン・W・モッシャー『チャイニーズ・マザー』（祥伝社）では、上下巻五百五十ページを〝ですます〟体で訳しきるという力業《ちからわざ》も見せた豪腕の新人訳者だが、この人、人脈もなく、翻訳学校での学習経験もなく、いきなりこの世界に飛び込んできたらしいですよ。

全国の翻訳学習者諸兄（姉？）、大いに嫉妬の炎を燃やしたまえ。

これでホメおさめ……決め球の巻

何がクリティカルだか、何が研究室だか、さっぱりわからんままに、一貫性も発展性もないままに、ずるずる三年続けてきて、これが最終回である（こら、こら、こんなところで拍手なんかしないように）。

でまあ、餞別がわりのワイド版。いつもの倍ですよ。恐縮しちゃうなあ。なんといっても最終回。せっかくだから、わたしとしては、『新明解』を取りあげたい。何がせっかくだか、わかんないけど。

『新明解国語辞典』（三省堂）第四版。

知ってるかい？

知んめいかい？

ははは、駄洒落である。進歩がない。

【駄洒落】少しも感心できない、つまらないしゃれ。

うるせえ。ほっといてくれ。

新明解は小柄である。しかしながら、そのパワーは絶大である。随所に、大辞典を軽々としのぐすごい語釈が出てくる。多くのファンが例にあげるのが、「恋愛」の項。

【恋愛】特定の異性に特別の愛情をいだいて、二人だけで一緒に居たい、出来るなら合体したいという気持を持ちながら、それが、常にはかなえられないで、ひどく心を苦しめる（まれにかなえられて歓喜する）状態。

読むたびにうなってしまう。これに感動できないようなら、あなたは凡人か俗人だ。

【凡人】自らを高める努力を怠《おこた》ったり功名心を持ち合わせなかったりして、他に対する影響力が皆無のまま一生を終える人。

【俗人】㊀高遠な理想を持たず、すべての人を金持と貧乏人、知名な人とそうでない人とに分け、自分はなんとかして前者になりたいと、そればかりを人生の目標にして、暮らす（努力する）人。㊁天下国家の問題、人生いかに生きるべきかということに関心がなく、人のうわさや異性の話ばかりする人。

ね、こりゃもう、哲学です。その辺にあるほかの国語辞典と引き比べてごらんなさい。「小説」

「読書」「実社会」「雌伏」「旅」「咳払い」「人生経験」「動物園」などの定義・説明も、ぜひぜひご一読を。

つまりは、読める辞書。それが、『新明解』の表の顔なのだが、われわれ翻訳者にとってのありがたさ、使い勝手のよさは、またべつのところにある。

語釈が分析的・実戦的であるという点と、小柄な割に用例がこまやかに示されている点だ。活用辞典として、無類の強みを持つ。

翻訳作業のなかで国語辞典を引く場面を想定してみると、ある訳語が頭にひらめいて、だけど文脈のなかでその訳語が使えるかどうか確信が持てなくて、それでニュアンスなり用法なりを調べたいというケースが圧倒的に多いのではないだろうか。

そういう疑問に、真っ向から答えてくれる辞書が、じつは少ないのだ。

ごくごく基本的な語彙を例に挙げてみようか。「細長い」というのは、どうだろう。

手もとにある『大辞林』（三省堂）では、

【細長い】 細くて長い。

となっている。『日本語大辞典』（講談社）もまったく同じ。どちらも、改訂されたばかりの（貧乏訳者には高価な）大辞典です。

それに対して、二千二百円の『新明解』は、

【細長い】㈠円柱状や角柱状のものの高さが、底面の直径（最も長い対角線の長さ）に比べて著しく大きい。例、柱・針・鉛筆・煙突など。［曲がっているものでも、それをまっすぐに伸ばした時に円柱や角柱と似た形になるものについて言う。例、ひも・へビなど］㈡長方形状のものの一辺が他辺に比べて著しく長い。例、短冊・張り物板。［曲がっているものでも、それをまっすぐに伸ばしたと想定したときの形状について言う。例、帯・テープ・川・曲がりくねって長く続く山道］

ですよ。そりゃまあ、こんなにぐちゃぐちゃ説明してくれるなという人もいるだろう。理屈っぽいときらう人もいるだろう。

だけど、「細長い煙突」という言いかたが可能かどうかを確かめたいときに、〝細くて長い〟という語釈では、判断材料にならない。細くなくて細長いものだってあるんだから。

あと、二、三。編者の山田忠雄さんがインタビューで挙げている、もっと簡単な例。

【群島】一帯の海域に点在する多くの島。

【裏通り】大通りに平行している（何本かの）狭い通り。

いずれも、「群」「裏」という字を使わずに説明しているのだ。定義の基本だと思うけど、たいていの辞書はそこを逃げている。『新明解』は、闘う辞書でもあるんですね。

それから、「〜の意の老人語」とか「漢語的表現」とか「口頭語的表現」などという但《ただ》し書きで、その語のレベルがよくわかる。

助数詞が付いているのもありがたい。ボイラーは一基、二基、ロケットは一本、二本と数えるんだよと書いてあると、安心して使えるものね。それとは別に、「一基」「一本」「一軒」などは独立した見出し語にもなっていて、その説明がまた壮観だ。

最後にこっそり教えるけど（大半の読者は、すでに落後しているはずだ）、筆者があっと感激し、頻繁に使わせてもらっているのが、二百三十四ページ最後の四行。「可能性」の類語が十五も並べられ、［いずれかによりパラフレーズを随時試みると良い］と、まあ、国語辞典にあるまじき大胆な助言が書かれているんです。たまげるよなあ。

二千二百円で（くどいけど）こんなにサービスしてもらって、わたし、罰が当たるんじゃないでしょうか。

＊『新明解国語辞典』の語釈掲載にあたっては、三省堂の許可を得た。次章も同様である。

訳介な仕事だ、
まったく

どきょう【度胸】

どんな事が起こっても恐れず、正しい判断により初志を貫く意志力。
（『新明解国語辞典』第四版より）

文芸翻訳というのは、かなり特殊な〝お仕事〟である。従って、いろいろ特殊な能力や資質が求められる。

外国語で書かれた文芸作品を精読・鑑賞しながらも、けっしてアカデミックな深みにはまらない原文読解力。

達意の文、〝芸〟の名に値する文を綴《つづ》りながらも、けっして自分の主張を盛り込まない日本語表現力。

性格的なゆがみ、ねじれ、ひねくれ、いじけ、狷介さ、偏屈さ。へそ及びつむじの適度な曲折。

一日に何時間も、ずっと机の前に座って、頭脳系肉体労働に携わっていられる耐久力。もしくは、苦行を苦行として認識できない鈍感さ。

継続的な貧乏生活への適応力。もしくは、被虐嗜好（つまり、マゾっ気ね）。もしくは、低収入をものともしない財力。

とまあ、ざっと挙げただけでも、一般社会ではおよそ役に立ちそうもない資質・能力がずらりと並ぶ。ここまで読んで、いくらなんでも誇張だろうと思ったうたぐり深いあなた、常識の枠に縛られすぎですよ。文芸翻訳の世界では、世間の常識など通用しないのだ。と言われて、素直にうなずいたあなた、そういうナイーブな姿勢では翻訳家への道は遠いですね。

いったい、どうせいっちゅうんじゃ？

ははは、ほんとに、どうすりゃいいんでしょう。詰まるところ、生来のいびつな人格のほかに、後天的に身につけなくちゃいけない力もたくさんあるというわけで、たいへんですなあ、皆さん。肩の荷が、重い、重い。

そこで、本連載では、逆に、文芸翻訳に不必要なもの、じゃまなもの、捨ててしまったほうがいいものを、毎月ひとつずつ挙げていって、皆さんの肩の荷の軽減を図ってさしあげたいと思う。言わば、翻訳家志望者のためのフィットネス・プログラム。効果は保証付きで、半年もすれば、あなたはスリムな翻訳美人。一年後にはたぶん、キュートな骸骨か魂の抜け殻になっていることだろう。

それでもいいのか？　引き返すなら今のうちだ。お母さんが泣いているぞ！　って、読者を脅してちゃいけません。まあ、要するに、志望者の脂肪をそぎ落として死亡者にしてしまうという、ちょっとだけ恐ろしいページです（まったくフォローになっていない）。

さて、初回はですね、〝度胸〟というやつを廃棄いたしましょう。

文芸翻訳ビギナーの書いた原稿によく見受けられるのが、妙に思い切りのいい訳文。潔いというか、ものおじしないというか、「もうわたし、迷わない。この人に決めたんです！」とでも言いたげな、爽快感あふれる訳文ですね。訳者の気迫さえ漂ってきて、ところが、そこだけ周りから浮いてしまっている。

たいていの場合、そういう訳文は危ない。原文をじゅうぶんに読みほどく前に、きれいな訳語がぽっと浮かんできて、それに引きずられてしまったり、解釈に迷ったときに、即断即決、早めに逡巡を振り切ってしまったりした公算が高い。えいやっとばかりに、度胸で窮地を切り抜けているわけです。

竹を割ったような性格というのは、世間ではプラスの評価を受けることが多い。しかし、文芸翻訳の世界では、おどおど、びくびく、うじうじ、ねちねち、しこしこ、ちまちまが本道なんである。竹は割らないように、と、竹書房の溝尻編集長も言っておられる（うそ、うそ）。酒は割らないように、と、某アル中翻訳家も言っている（これはほんと）。

どうかすっぱりと〝度胸〟を捨てて、小心翼々とした翻訳生活を送ってもらいたい。

ひそう【悲壮】

悲しい（結果になりそうな）ことではあるが、勇ましくふるまう（心を奮い起こす）様子。（『新明解国語辞典』第四版より）

ふ〜ん、このコーナーの略称、〝ヤクハイ〟っちゅうのね。薬物のハイボールみたいで、すげえ物騒だ。ラリってしまわないよう、みんな気をつけましょう。

ところで、先月の〝度胸〟の廃棄はうまくいっただろうか？　世間の目をはばかって、ひっそりと生きていますか？　度胸が残留してはいませんか？

捨て損ねた人は、ここでいっせいに廃棄いたしましょう。最初から度胸がない人は、どうすればいいかって？　買うなり借りるなり拾ってくるなりして、なんとか調達してください。

さあ、そろいましたか？　それでは、みんなで捨てますよ。いっせえの、ぽい。

ほ〜ら、ずいぶん身軽になったでしょう？　まだ身重だという人は、さっさと出産をすませるように。

さて、今月は、〝悲壮〟をすっぱり捨てちゃうことにしよう。つまり、悲壮感とか、悲壮な決意とかいうやつね。

文芸翻訳を志す人には、まじめなタイプが多い（という話を聞いたことがある人を知っているような気がする）。それはたいへん結構なことだ。基本的にまじめじゃないと、こんな辛気くさい商売、やっていけません。

でも、まじめさが高じて〝悲壮〟の域に達してしまうと、こりゃ危ない。悲壮感には、視野を狭める働きがあるのだ。課長島耕作、じゃなくて、視野狭窄ですね。目の前のものしか見えなくなる。いわゆる玉砕モードで、短期決戦には向いているかもしれないが、これを長く続けていたら、知らないあいだに異世界へ迷い込んだり、突然ぽっきり折れたりしますですよ。

何より、自分も周りも息苦しくなってしまう。言わば、精神の酸欠状態。それではいけません。まじめさには、きちんと酸素を補給してやらないとね。

なまじり、じゃない、まじなり、じゃない、まなじり決して一心に何かを追い求めるという経験は、今の時代、なかなか味わえるものではない。その点、文芸翻訳というのは、鈍重にして大量の熱意が必要とされる今どき貴重な分野だと言っていいだろう。

だからこそ、視野を広く持って、伸びやかに、フットワーク軽く、修行に励んでほしいなあ、と、おじさんは思うのだ。要するに、進行方向だけではなくて、周りの風景にも目を配り、最終的には、そういう自分の姿を客観的に眺められる余裕が、ぜひとも欲しいですね。

そもそも、文章を書くということは、読み手の目で自分を見るということであり、その文章を売り物にするということは、不特定多数の読み手の視線を自分のなかに取り込むということなのだ。だとすると、逆に〝悲壮〟を演じるというのも、ひとつの手かもしれない。原文をじっとにらんで、股間に、じゃない、眉間にしわを寄せ、ウ～ンとしばし唸《うな》ってみる。そのあと、はっと正気に戻って、そういう自分の姿に気づき、「きゃあ、わたしってば！」と、思いきり照れるのです。

はたから見てたら、ただの変態だけど、そうやって、主観と客観、重さと軽さのあいだを行き来できれば、翻訳作業は立体的になる。少なくとも、楽しいよね。楽しいことは長続きする。

というわけだから、悲壮感やら悲壮な決意やらは、マウスでドラッグして、ごみ箱へドロップしたほうがいい。

無用のプレッシャーは捨てて、さあ、にっこり微笑《ほほえ》みましょう。頬をゆるめ、肩の力を抜いて、そう、そう、その調子……あらら、何人か、目をどろんとさせて、よだれを垂らしてる人がいますね。違う、違う、あなたが今、廃棄してしまったのは、〝悲壮感〟のすぐ隣りにあった〝緊張感〟ですよ。

ごしゃく【語釈】

問題となる語句の意味を分かりやすく説明すること。また、そのもの。
（『新明解国語辞典』第四版より）

語釈を捨てる？

そんな大事なものを捨てていいのか、と、いぶかる向きもあるだろう。

ここでいう語釈とは、辞書に書いてある言葉の定義、いや、定義のための言葉、う〜ん、ややこしいな、要するに、見出し語の意味を説明する言葉のことだ。とりわけ、英和辞典の語釈。

手短に言えば、訳文を作る際に、辞書から訳語を拾ってくるなということですね。辞書にある言葉をつなげて文を書くだけなら、誰にだってできる。そうやってできあがった訳文に、八パーセントの印税を支払ってくれる出版社があるだろうか（あったら、こっそり教えてください。秘密厳守・委細面談）。

そういう作業だったら、コンピューターのほうがずっと正確に、ずっとずっと速くこなせるでしょう。だいいち、それじゃあ芸がないし、やっていておもしろみがない（よね？）。

そのうえ、いくつかの理由で、危険でもあるのだ。実例を挙げてみよう。

まず、先月号で高儀進さんも書いておられた“narrow one's eyes”。英和辞典には、たいてい「目を細くする（細める）」と説明されている。確かに、「目」を「細く」はするわけだが、ニュアンスとしては、敵意や嫌悪や不審が含まれる。ところが、日本語の「目を細める」は、和《なご》やかな笑いの表情を想起させるから、この訳語をそのまま使うと、原文と違う情報を読者に伝えてしまうことになる。

一般に、体の部位を使った慣用句やボディーランゲージは、文化による差が大きいから、使用にあたっては、十分な、いや、十二分な、念には念を入れて、十三分二十五秒ぐらいな注意が必要だ。ついでに言っておくと、この領域では、小林祐子編著『しぐさの英語表現辞典』(研究社)がとても頼りになる。

次は、訳者が辞書の訳語を足がかりにして、イメージを飛躍させ、結果的に原文の意味から離れてしまった例。

ある翻訳学習者が、“take a chance”を「思い切り好きにやる」と訳してきた。原文を見なくても、日本語の流れが、その部分で少しぎくしゃくしている。

誤訳というのは、おおむねそうなんです。なぜか、訳した本人にだけは、それが「ぎくしゃく」に見えないらしいから、困りものなのだが。

この例の翻訳プロセスをシミュレートしてみましょうか。

“take a chance”の意味がわからないので、辞書で“chance”を引く。↓例えば、『小学館ランダムハウス英和大辞典第二版』だと、名詞の6に「冒険、危険：賭け」という定義があって、すぐあとに、“take a chance”という用例が出ている。↓「しめた！」と思う(あるいは、ほっと胸を撫でおろす)。↓「思い切ってやってみる」という訳が書いてある。↓これを少しアレンジしようと考える。↓「思い切り好きにやる」と心のなかでつぶやいてみる。↓なかなかいいじゃん、と、ワープロのキーをたたく。↓打ち出された自分の訳文に見惚《みと》れる。

とまあ、こんな感じだろうか。三つ目か四つ目の矢印のあたりで、決定的な逸脱が行なわれている。「思い切ってやってみる」という説明から、意味だけを拾えば、たぶん「一か八か」「のるかそるか」の方向へ持っていけたはずなのに、訳語を拾おうとしたために、〝飛訳〟してしまったわけです。単純なポカだけど、これが初学者には実に多い。

だから、英英辞典を使えと言う人もいる。それも、ひとつの方法だろう。

要するに、英和辞典の語釈は、単語の意味や用法をつかむためのものであって、訳語は訳者自身が考えなくちゃいけないということですね。

訳介な仕事だ、まったく。

きんかぎょくじょう【金科玉条】

それを守ることによって、だれに対しても自分の立場を正当化することが出来る、強いよりどころ。
(『新明解国語辞典』第四版より)

新年ですからねえ。今月はぱあ～っと、派手めなものを廃棄いたしやしょう。

金科玉条だ。えっ？　読みかたがわかんない？　まったく、最近の若い者は……。カネシナタマスジだよ。よく覚えておきなさい。えっ？　違う？　キンカギョクジョウって読むの？　そうか。

まったく、最近の年寄りは……。

ややこしいので、略して〝金玉〟にしましょう。これなら、わかりやすい。

そんなもの、持ってませ〜んという人も、たくさんいるかもしれない。それは、しかし、認識不足というものだ。誰だって、金玉のひとつやふたつ、持ってるんです。ほんとだってば。サーチエンジンで検索してごらんなさい。

翻訳（者）はかくあるべしという原則論。こんなことはやっちゃいけませんというタブー集。こういう原文はこう訳せという定石の数々……。

つまり、箇条書きふうの心構えとか、まる暗記用の公式の類ですね。そういう金玉を、後生大事にぶら下げて、じゃない、かかえ込んでいると、ろくなことにはなりませぬ。

もちろん、グラウンド・ルールというものはある。指針とか規範とかいうものも必要だろう。長く翻訳を続けていると、頭のなかに回路やパターンのようなものもどんどんできてくる。

じゃあ、そういう決まりごとや技術的なデータが蓄積されていくことで、翻訳作業が楽になり、速くなり、正確になるかというと、ま、ある程度まではなるだろう。経験の量による仕事の効率化という部分は、確かにあると思う。

しかし、大まかな土台ができあがってしまえば、そのあとは、本質的に〝いちいち〟の作業なのだ。どんなに脳みそのなかのマニュアルが整備されても、必ずマニュアル通りには処理できない箇所が出てきます。

そういう箇所にぶつかるたびに、いちいち悩み、いちいち唸り、いちいち答えをひねり出していかなくてはならない。そして、苦労の末にたどり着いたその答えが、データとして、将来そっくりそのまま応用できるなどということは、ほとんどないんです。次に似たような難題にぶち当たったときにも、やっぱりまた、いちいち考えるしかない。

文芸翻訳というのは、要するに、アナーキーな、フレキシブルな、非体系的な、臨床的な芸能なんですね。だから、翻訳学校やこの「翻訳の世界」でいくら熱心に勉強しても、それが〝承り〟の姿勢の学習であるかぎり、プロへの壁を乗り越えることはできない。

教わった通りにきちんと訳すだけでは、商品としての訳文にはなりません。至るところで、臨機応変の処置、緊急避難、綱渡り的解決といったその場限りの力業《ちからわざ》が要求される。そういう局面でこそ、例えば、人生経験が生きてくる。読書の蓄えが生きてくる。性格のねじれが生きてくるわけです。

一期一会、ということだ。

市毛良枝、ではない（古いか）。

若すぎる人、本を読まない人、素直な性格の人には、たぶん文芸翻訳は向かない。だからといって、年を取ればいい、本を読めばいい、性格が悪ければいい、というものでもない。

なんだか、性格といっしょに論旨までねじれてきちゃったみたいだけど、あたしが言いたいのはあ、金科玉条に寄りかかってたんじゃ、翻訳なんかできないってことなの。わかるう？　そんなもん、きっぱり捨てちゃいなさいよお。

あれっ、おかしいなあ。〝金玉〟を捨てたら、言葉づかいまで変わっちゃったわ。いやん、ばっか〜ん。あたし、どうなってんのかしら。きゃあ、編集Bさ〜ん、助けてえ！

げんそう【幻想】

非現実的な事を、夢でも見ているかのように心に思い浮かべること。

（『新明解国語辞典』第四版より）


世間の人は、翻訳家という商売をどのように見ているのでありましょうか。

在宅で、マイペースでできて、語学力が生かせるスマートな内職？

暗くて、かったるくて、こんりんざい報われない3K仕事？

気楽で、肩が凝らず、髪の毛も抜けず、苦労と無縁の4K仕事？

リスク多く、不安定ながら、当たればでかい水商売？

ま、世間がどう見ようと、関係ないといえば関係ない。ここでの問題は、文芸翻訳学習者が文芸翻訳という仕事をどうイメージしているかであります。

夢を持つのは大いに結構だが、その夢の成分比はどうなっているでしょうか？　つまり、「希望」と「幻想」の割合だな。幻想含有率の高い人は、はっきり言って、○○○翻訳学院とか××××アカデミー（自粛）の絶好のカモだぞー。

そこで、翻訳学習者の懐具合まで心配しちゃうお節介な当欄としては、純朴な皆さんが幻想にむだな金をつぎ込んだりしないよう、世間に流布するイメージの虚実を暴いてさしあげたい。

まず、翻訳って、きれいな仕事？

う～ん、きれいな人がやれば、きれいな仕事になるかもしれない。って、そういうことをきいてるわけじゃないのね。要するに、手を汚さずにすむかどうかってことだ。まあ、人殺しや強盗や恐喝や援助交際に比べれば、きれいな仕事だといえるでしょう。

じゃあ、翻訳って、楽な仕事？

ははは、これほど楽な仕事は、ほかにありませんよ。夢で締め切りにうなされたり、誤訳の指摘に冷や汗をかいたり、調べものに駆けずり回ったり、校閲者の赤字に泣かされたり、書評家にくそみそにけなされたり、編集者に首根っこ押えられたりすることを除けばね。

じゃあ、翻訳って、儲かる仕事？

ドッカーン！

おお、ついに地雷を踏んでしまいましたね。この点こそが、○○○翻訳学院や××××アカデミーが必死に覆い隠そうとしている文芸翻訳の暗部なのだった。

だって、プロの翻訳家の収入が知れてしまうと、わざわざ授業料を払ってまで翻訳学校に行こうという人が、激減するでしょうからねえ。

手もとに、信頼できる統計値がある。翻訳家の平均年収。さあて、どれぐらいだと思いますか？

この際だから、公表しましょう。ジャーン。

なんと、九円です！

ええーっ、きゅうえーん？

ちがう、ちがう、これは「くえん」と読んでください。普通に仕事をしている普通の翻訳家は、食えないんですよね。

最近どうも、食が進まなくて……って、そうじゃない、「食えない」というのは、食欲はあるけど飯代が稼げないいっちゅう意味でござんす。

プロになったら、ゆとりある印税生活が営めるなどと思うのは、大まちがい。

新人翻訳家の事例を拾ってみよう。

去年の夏に、某社の文庫ミステリーでデビューしたO倉T子さんは、「えっ？ 収入？ ないことはないですけど……」と口ごもり、使い捨てコンタクトを装着した目から、大粒の涙を流した。ごめん、ごめん、つらい思いをしてるのね。

塾講師をしながら、現在デビュー作を翻訳中のK谷C寿くんは、「食おうにも、ぼくのアパートには食卓がないんです」と、故意に質問の意味を取り違えながらも、両の瞳に真摯な光を宿らせ、「お、お金貸してください」と迫ってきた。

大手某文庫からデビューしたばかりのM村T哉くんは、「はあ、三十を過ぎて、いまだに親に食わせてもらってて、国民年金も払ってませんから、不安と言えば不安ですけど、ま、いざとなったら、万馬券でも当てて――」と、競馬新聞に目を落とした。

食えないやっちゃなあ。

ごき【誤記】

まちがって書くこと。また、その書いた語句。

（『新明解国語辞典』第四版より）


これはもしかすると、翻訳以前の問題かもしれないけど、訳文のなかで“bed”を「ベット」、“bag”を「バック」などと書く翻訳学習者が多いのは、どういうことなんだろうか。

ま、確かに、促音のあとの濁音ちゅうのは、日本人の舌に乗りにくい。だから、日常のしゃべり言葉がそうなってしまうのは、ある程度しかたがない。

でも、書くときは気をつけようよね。

「ベットをともにする」じゃ、同じ馬に賭けた競馬友だちです。

「ショルダーバック」じゃ、肩なんだか背中なんだか、わかりゃしない。

この伝でいけば、大きなボールペンは「ビック・ボールペン」になりまする。street kidsは「路上のチュー―」になりまする。odd ballは「夫の×玉」になりまする（赤面！）。『カサブランカ』のハンフリーさんと『ヴェニスに死す』のダークさんは兄弟になりまする。

成増ルノアール（←これ、全然意味はないです。無視してください）。

ルノアール鷹は爪を隠す（あ、これも無視してください）。

と、ここまで書いて、球聖Ty Cobbのことを思い出し、辞書を引いてみたら、〝タイ・カップ

"カップ"と書いてありました（『小学館ランダムハウス英和辞典第二版』）。おお、ショッグ、いや、ショック！　そりゃないでしょう。

bの音をpと読むのが、許容されてるどころか、むしろ主流になっているとは……。にわかには信じがたい。

同じ小学館の『最新英語情報辞典』と講談社『日本語大辞典』は、「カップ」なんですけどねえ。

そういえば、わたしは古い陸上競技者ですが、ジョギングという言葉が日本語として定着する前は、jogを「ジョック」と言っておりました。「ジョッグ」とはけっして発音しなかったなあ。groggyも、「グロッキー」と表記するのが普通ですよね。「グロッギー」などと書くと、かえって通じにくい。

あれっ、こんなことを書くつもりじゃなかったんだけど、ええい、知るもんか。乗りかけた船だ。海苔欠けた手巻き寿司だ。糊かけた洗濯物だ。軒掛けた干し柿だ。飲みかけたウィスキーだ。蚤駆けた不潔な寝床だ。能登書けた地理のテストだ。熨斗《のし》かけたお中元だ。

はあ、はあ、息切れしてきたなあ。

ついでに思い出したけど、袋に入った本（"a book in its paperbag"）というのを、「ペーパーバックの本」と訳した人がいました。座布団一枚！

ロビン・フッドをロビン・フットなどと書く人も多いんだろうなあ。そして、この英雄の本拠は、シャーウットの森？

ウッドペッカーはどうだろう？

ロッド・スチュアートはどうだろう？

マッド・サイエンティストは？

ミッドライフ・クライシスは？

仏陀の鏡への道は？（↑すみません、拙訳書のタイトルが紛れ込みました）

なんだか、促音と濁音で、頭のなかがうるさくなってきたぞ。やっがましい！　要するに、日本人の耳は、そのへんの違いに寛容だということでしょうか。

数年前まで、わたし、lesbianという言葉を「レズビアン」と表記してきたんですが、ある編集者に「レスビアンじゃないですか？」と言われて、国語辞典を引きまくったら、ほんとにそうだった。だけど、lesbianismは「レズビアニズム」なんですよね。

う〜ん、今月は、疑問が増殖するばっかりで、何を廃棄すればいいのやら。

まあ、なるべく誤記はしないように、ヘットを使って、グットな訳文を書いてください、ってところで、お茶を濁しておこうかなあ。

誤記げんよう、グッパイ！

いらいしん【依頼心】

自分自身はやらないで、人にやってもらおうとばかり思う気持。（『新明解国語辞典』第四版より）

六月号九十二ページ〈P・Sひとことね〉のA・Bさん、いや、先日はどうも、夢で失礼いたしました。

そう、わたし、五月号で八木谷ニーナ涼子さんにいただいたスケボーに乗って、夜な夜な、全国の翻訳学習者の夢のなかを駆け巡り、「翻訳なんかやめちゃえ、やめちゃえ」とささやいてるんです。

ほんと、文芸翻訳なんかやったって、な〜んもいいことないですよ。しくしくしく（↑おまえが泣いてどうする！）。

と、毎度皆さんのやる気に水を差してばかりじゃ芸がない。いくらやめちゃえと言われてもやめられない翻訳中毒患者のために、今月は前向きな廃棄を試みる所存であります。

春爛漫、あちこちの翻訳学校は新入生や長期留年学生でにぎわい、この「翻訳の世界」も百万部突破を目前にしているという（遠視なんです、わたし）。

翻訳学校や翻訳雑誌の隆盛は、業界に身を置く者として、うれしくなくもないような気がしないでもない（肯定的感情の表出に、一縷《いちる》の不安とそこはかとない含羞をちりばめる高度な詩的テクニックとしての四重否定↑うそ)。

だけど、そういうシステムがしっかりすればするほど、システムに寄りかかる人の割合も増してくる。

というか、足もとが頼りなくて、何かに寄りかからざるを得ないレベルの人たちまで取り込むことで、システムのかさがふくらみ、現在の(見た目の)盛況が成り立っているんじゃなかろうか。もちろん、ここで言う〝レベル〟とは、翻訳そのものの力ではなく、志の深さといったようなことですね。

いや、勉強すること自体が好きな人や、まだまだ針路を定めたくないという人は、それでいいんです。のびのびと、楽しくやっていればよろしい。

どうしてもプロになりたい人、この道しかないと肚《はら》が決まっている人は、ここであらためて、自分の目標とそこへ至る道筋をしっかり頭に描いてみましょう。

どこかに他人任せの部分がないだろうか? 学校や講師の助けを当て込んではいないだろうか?

そりゃ、学校だって講師だって、なんとかあなたの力になりたいと思っている。そういうあと押しを拒めなどとは言いません。でも、最終的に自分で自分の仕事を管理できなくては、デビューなどおぼつかないし、この世界で生きていけるはずもない。

文芸翻訳は個人経営の自由業なのだということが、学校というシステムのなかで安穏と受け身の勉強を続けていると、忘れられてしまいがちだ。

翻訳学校も、〈アップグレード教室〉も〈翻訳の広場〉も、あくまでスキルアップの場なのである。

あ、わたし、このところ、翻訳学校にけちをつけるようなことばかり書いてるような気がするなあ。ひょっとすると、★ベルににらまれてるんじゃなかろうか。六月号の読者アンケートで、このページが除外されてるのは、そのせいなんじゃなかろうか。自由業者としては、もっとクライアントに気を配らないと……。

「あのうっ」

び、びっくりしたあ。誰だ、背後から急に話しかけるのは。

「あのですね、ぼく、一身上の都合で、どうしても今、依頼心を手放すわけにはいかないんですけど……」

ああ、お隣りの伏見威蕃先生の弟子のK谷C寿くんじゃないの。きみはもう、師匠の肝煎りで、デビューも決まって、鋭意翻訳中なんでしょ？　なんのために依頼心が必要なの？

「は、はい。いわん雷帝の怒りの稲妻をかわすために」

おい、おい、それは依頼心じゃなくて、避雷針だろ。

冬来たりなば

春唐辛子

青年よ、ハンドルをはじけ！

大学に入ってはじめて授業をさぼった日、それは奇しくも、大学に入ってはじめての授業があった日なのだが、ぼくは開店から閉店の時間までずっとパチンコ屋にいた。ただし、心正しい陸上競技青年だったので、四時から二時間ほど抜け出して、グランドに走りに行った。パチンコと陸上競技だけに時間を費やすという、この第一日めのパターンは、その後七年間、ほとんど変わらなかった。二、三年後に酒が加わるだけである。ちなみに、この日の戦績は、千三百円を投じて千四百円回収。負けなかっただけ幸いとも言えるが、思えばこれが、労多くして益少ない人生の幕開けであった。

当然ながら、次の年は進級できず、クラブの先輩たちに「麻雀も覚えないうちから留年するのは、おまえぐらいのものだ」と褒められた（のかなあ？）。名誉のために言っておくが、麻雀を覚えてからも、ちゃんと二度留年した（誰の名誉だ？）。

当時のパチンコは、技術と精神力がものを言う求道的な娯楽だった。いや、娯楽じゃないな。毎月、毎月、奨学金を全部つぎ込んでいたんだから、あれはりっぱな学業だ。ぼくは確かに、目の前にある垂直の盤面から真理を学ぼうとしていた。ハンドルをはじく右手の親指に、青年のストイックな夢を託した。玉筋が定まらないときには、「煩悩《ぼんのう》を捨てよ」と自分を戒め、逆転負けをしたときには、「心にすきがあった」と反省し、たまに大勝ちしたときには、「驕《おご》る平家久しからず」と、ほころぶ口もとを引き締めたものだ。

麻雀や競馬などと違って、パチンコの場合、投入できる金額に物理的な限界があった。賭博としては、実にみみっちいものだった。ところが、十五年ほど前だったか、電動式ハンドルが登場して、その物理的な限界が大きく引き上げられた。というより、競技のスピードが、店の側に管理されるようになった。これは大きな変化であり、ぼくの足は、一時、パチンコ屋から遠のいた。といっても、二、三日のことだけどね。結局、悪しき技術革新の波にあらがうことも、背を向けることもできず、やすやすと日本式管理娯楽の軍門に下ったのであった。情けない。

それから十年ぐらいすると、今度はコンピューター化の波が押し寄せる。フィーバー機というやつが登場し、瞬く間に従来の機種を店から締め出してしまったのだ。これは、数字や記号が三つそろうと、まるで機械が壊れたみたいにジャラジャラ玉が出てくる恐ろしい新兵器で、まあ、はっきり言って邪道だよなあ。許しがたい。当たるか、はずれるか。まるで宝くじだ。ぼくの愛したパチンコの姿は、もうここにはない。これできっぱりと足を洗える、と、寂しさ交じりにぼくは思った。初めてのフィーバーを味わうまではね。いやあ、図柄が三つそろうって、なぜこんなに気持ちがいいのだろう。今ではもう、ワープロのカーソルが7頁7行7桁に止まるだけで心が躍るだめなわたしである。いやはや。

女のすなる「アン訳」という所作、おじさん思いて、してみて候

おじさんは、実は処女であった

わたし、自慢ではないが、プリンス・エドワード島ともグリーン・ゲイブルズともまったく無縁に生きてきた三十代♂の翻訳者である。ただし、三十代に入ってから十三年ほどたちますが……。そのおじさん訳者に、『赤毛のアン』について書けという乱暴なご注文である。あまりに乱暴なご注文だったので、わたし、断わるのをうっかり忘れてしまいましたよ。

なに、なに、渋い中年男性がこの作品を翻訳するとき、訳者の心の中でどんなことが起こるかというコンセプトだって？　ふーむ、わたし、渋いですか？　え、〝鈍い〟って言ったの？　大きなお世話だ。ぷんぷん。

てなわけで、訳しながら自分の心の中を探るという、セルフサービスの人間ドックみたいな作業に取りかかるわけだが、その前に、まず作品を読まなきゃね。いやあ、生まれてはじめて『赤毛のアン』を読みました。おもしろかった。そいで、周りにきいてみたら、みんな子どものころに読ん

でるのね。特に翻訳学校の生徒たちの中には、この本が文芸翻訳を志すきっかけになったという人が多かった。小学校二年になるうちの次女も、ちょうどポプラ社版を読んでいるところだった。

そういう皆々様のご愛読書に、わたしなんぞがちょっかいを出していいのでありましょうか？と言いながら、もう訳し始めてます。

おじさんといえど作者の目は絶対である

最初は、えーと、ブライトリバーの駅からマシューがアンをはじめてグリーン・ゲイブルズへ連れてくる場面ですね。

「あれはバリーの池だよ」と、マシュー。

「あら、その名前も感心しないわね。わたしなら、そうね、〝きらめきの湖水〟とでも呼ぶわ。そう、それこそ正しい名前というものよ。ぞくぞくするから、わかるの。ぴったりの名前を思いつくと、わたし、ぞくぞくするんです。おじさんは、ぞくぞくすることってある？」

マシューはぐっと考え込んだ。

「そりゃまあ、あるよ。きゅうりの苗床をほじくり返すあの白くて気色悪い地虫を見ると、いつも、なんだかぞくぞくしてくる。姿からして、にくたらしい」

「あら、それはちょっと、ぞくぞくの種類がちがうような気がするわ。そういう気がしません？　地虫ときらきら輝く湖水とじゃ、あんまりつながりがないように思えるけど、あるのかしら？　でも、みんなはどうして、あれをバリーの池なんて呼ぶんでしょう？」

「ほとりの家に、バリーさんが住んでるからだと思うよ。あそこのうちは、〝果樹園の坂〟って呼ばれてる。あの後ろの大きな藪がなけりゃあ、ここから〝緑の切妻〟が見えるんだがね。それでも、馬車はこっちの橋を渡って、街道を通っていかにゃならんから、あと半マイルばかしある」

「バリーさんのところに、小さな女の子はいないの？　うんとちっちゃい子じゃなくて、わたしと同じくらいの」

「十一かそこらの嬢ちゃんがいるよ。名前は、ダイアナ」

「まあ！」うっとりしたように深く息を吸いこんで、「なんて濁りのない、きれいな名前なんでしょう！」*


このマシューってキャラクターがいいよなあ。妹とずっとふたり暮らしで、女性と話すのが大の苦手なの。わたし、しみじみわかります。

朴訥《ぼくとつ》とした、だけどちょっぴり愛嬌もある、というところが、女性読者から見たこの独身老人の持ち味だろうか。妹のマリラのほうは、結構陰影に富むキャラクタライゼーションを施されているのに、マシューの描かれかたはかなり直線的だという気がする。その点は、あとから出てくるギルバート君やチャーリー・スローンに関しても同様で、まあ、一般に女より男のほうがずっと単純だという動かしがたい事実はありましょうが、ここではやっぱり、女性作者の〝目〟というのが大きいのではないでしょうか。

それがいいとか悪いとかいう話ではない。訳者にとって、作者の〝目〟は絶対である。たとえおじさん訳者といえども、マシューやギルバートを勝手に造形するわけにはいかんのだ。そりゃまあ、訳文のどこかに地金というものは出てくるだろうけど、あくまで作者モンゴメリのまなざしで人物やストーリーを追っていくのがわしらの務めでござんす。

この場面では、〝a thrill〟という言葉で、マシューが大ぼけをかましている。もちろん、本人は受けを狙っているのではなく、アンとの絶妙のコンビネーションが巧まざるおかしみを醸し出すわけで、その〝巧まざる〟の部分を、作者はじつに巧みに巧んでいると思う。訳者としては、当然、その巧みかたに寄り添っていくことになります。こういう〝掛け合い〟を訳すのは楽しい。翻訳という作業の、言ってみれば〝華〟ですね。

すいすいすいっとかたづけたつもりだが、一時間以上かかってしまった。

訳者の性《さが》が顔を出し、さて結果はいかに？

さて、お次は、もっと密度の濃い、手間のかかるくだりです。

池でのあの日、許してほしいという訴えに耳も貸してもらえなかったあの一件以来、ギルバートは、勉学の面でのあからさまな競争心を除けば、アン・シャーリーの存在を気にかけているようなそぶりをちらとも見せたことがなかった。ほかの女の子たちとは、しゃべったりふざけたりするし、本とかパズルとかの取りかえっこもすれば、勉強や遊びについて語り合いもし、ときには、そのうちの誰かと、祈禱会や討論クラブからの帰り道をともにした。なのに、アン・シャーリーに対してはまるっきり無視を決め込み、アンのほうは、他人に無視されることの不愉快さをつくづく思い知らされたのだった。つんと頭を反らし、気にするもんですかと胸に言い聞かせてみても、それはむだというもの。依怙地《いこじ》で娘らしい心の奥底では、自分が気にしているということを、あの〝きらめきの湖水〟での機会がもう一度訪れたなら、自分がずいぶんちがった反応を示すだろうということを、ちゃんと知っていた。なんだか突然、長く心に育んできたギルバートへの敵意が消え失せ、それも、その持続する熱がいちばん必要なときになって消え失せてしまったようで、アンはひそかに意気をくじかれた。今までのすべてのできごとを、そして忘れがたいあのときの感情を呼び起こし、身になじんだ確かな憤りをかきたてようとしたけれど、その努力もむなしかった。あの〝きらめきの湖水〟での憎まれ口が、消えかかっていた炎の最後のひと揺れだったのだ。アンは、知らないあいだに自分がギルバートを許し、その罪を忘れてしまっていたことに気がついた。だけど、もう遅すぎる。

それに、少なくとも、ギルバートにしろ誰にしろ、〝腹心の友〟ダイアナですら、アンがこんなにくやんでいることを、自分の高慢さと邪険さをこんなに恨めしく思っていることを、想像もしていないにちがいない！　アンは〝わが思いをいと深き忘却の帷子《かたびら》にくるまん〟と意を決し、しかも今のところ、少しのほころびもなくその決意を遂行してきているので、内心ではアンのことを気にかけているかもしれないギルバートも、報復のためのアン軽視作戦が功を奏したという確信を得られず、したがって勝利の満足を味わえないでいるありさまなのだ。この少年にとってのわずかな慰めは、アンがチャーリー・スローンを容赦なく、間断なく、理不尽なまでに、鼻であしらい続けているという事実だけだった。*

息の長い文章で、しかも視点があちこちに動いて、なんとも日本語にねじ伏せにくいところだ。こういう原文を見ると、わたし、意地でもその構造をそっくり訳出したくなる。何もかも原文どおりというわけにはもちろんいかないが、例えばワンセンテンスを一文に訳すというような大原則は、なるべく守っていきたいのだ。その結果、流れの悪い訳文ができあがったとしたら、それは訳者がへぼだというだけの話で……。おっと、墓穴を掘るところだった。でも、「墓穴に入らずんば虎子を得ず」って言いますからね。

ここは、しかし、作者の〝目〟を通して、主人公アン・シャーリーの心中にぐいぐいと迫っていかなくてはいけない場面でもある。つまり、作者と主人公の一体化ぶりを写し取るということだな。その際に、訳者が男であることが解釈もしくは訳文作りの妨げにならないかとご心配の向きもあるでしょう（ないかな？）。

この際、声を大にして「妨げにはならない」と答え、声を小にして「はずだ」と付け加えよう。基本的に、訳者は透明な存在であって、翻訳する作品ごとに、性別まで含めすべての点で作者の色に染まりきることが求められる。だから、おじさん訳者が『赤毛のアン』を訳したって、なんら不都合はないのだ。その訳文がもしおじさんくさかったとしたら、それはもう、おじさんの腕が悪いだけである（また墓穴を掘ってしまった）。

でもね、ちょっと前にこういうことがあった。ある女性作家の作品で、乳飲み子をかかえた女性のお乳が栄養不良で涸れてしまって、〝sore breast〟になるんです。それを、わたしは「ちくちく痛む胸」といったん訳したのだが、さる女性翻訳者に、「あなたにはわからないだろうけどねえ、あれは〝ずきずき〟よ」というご教示を受けた。うーむ、なるほど。その辺は、今後研究を重ねていく所存であります（どうやって？）。

それにしても、かわいそうなのはチャーリー・スローン少年だ。アンに冷たくされた心の傷が、その後の彼の人生にどういう影を落としたかと考えると、おじさんは胸がちくちく痛んでならないのであった。

＊原文は作品社サイトに掲載します。http://www.sakuhinsha.com/japan/26979.html

めざせ！　ジョークの市場開放

ジョークの翻訳、というジャンルはない。少なくとも、ジョークだけを翻訳して、それで食っていけるようなマーケットは、今の日本にはない。たいへん残念なことである。

原書はあるんですよ。ほんとうにたくさんある。例えば、“Excuses, Excuses”という縦十・二センチ、横十四センチの小型ペーパーバックには、古今の名言を含めて、ありとあらゆる言いわけ、アリバイ、否認、出まかせが集められている。同じような形式の本が、英米では手を変え品を替え出版されて（『うその本』、『古今東西侮辱大全』、『男をこけにするジョーク集』など）、れっきとした一ジャンルを形成しているのだ。

いや、いや、そういう企画本というか、寄せ集め本だけではない。ジョークの本道であるユーモア・エッセイも、多くの書き手がいて、多くの本が出ていて、多くの読者がついている。ベストセラー・リストにも、必ずといっていいくらい、ユーモア本が二、三点は登場している。日本でも訳書が出ているP・J・オローク、デイヴ・バリーなどは、このリストの常連だ（訳書の売上げはかんばしくないようだが）。九三年十月現在のノンフィクション部門第一位は、Jerry Seinfeldというコメディアンが書いた“Sein Language”という随想風小話集で、著者が全国ネットのテレビ番組を持っているという強みもあり、爆発的に売れているらしい。アメリカ版ビートたけしですね。

もうすぐリストを賑わしそうなのが、Exma Bombeckという熟年女性ユーモリストの自伝的作品“A marriage Made in Heaven...or Too Tired for an Affair”で、初版四十万部というから、売れっ子小説家の話題の新作並みだ。

この二冊、それぞれに味わいのある超面白本で、お笑い好きの訳者としては、大いに翻訳欲をそそられるところだが、出版にこぎつけるのはかなりむずかしいだろう。それはまあ、例えば、ビートたけしや小森のおばちゃまの本を英訳したとして、そのおもしろさがどこまで伝わるかというような技術上の問題でもある。そして、苦労して伝えるだけの意味があるかどうかという出版価値の問題でもある。お笑いなんて、テレビや漫画や国産の本で間に合ってるよ、と言われてしまえば、それでおしまい。こちらとしては、ユーモアの市場開放を懸命に訴えたいところだけど……。

翻訳修行の冬

運命の一瞬というのが、あるものだ。ま、振り返ってみればの話ですけどね。運命と呼ぶのが大げさなら、人生行路上の決定的に不可逆の一地点と言い換えてもいい（もっと大げさか）。

一九七九年二月十七日午前九時ちょいと前のある瞬間、港区芝二丁目、第一京浜の路上の一点に、ぼくの右足と見知らぬライトバンの左前輪とが同時に位置した。次の瞬間、ライトバンは急ブレーキをかけ、ぼくはその斜め前方にはね飛ばされてうずくまっていた。

痛みがなく、意識も鮮明だったので、立ち上がろうとしたら、右足に力が入らない。足首の骨が砕けていたのだった。そのまま救急車で病院へ運ばれ、二十七歳にして生まれて初めての入院生活を送ることとなった。

その時点でもう、将来の道筋が大きくかわってしまっていた。当時のぼくは、印刷会社でアルバイトをしながら、かつ通信教育で翻訳を勉強しながら、トレーニングを生活の中心に置くアマチュア陸上競技者だったのだ。専門は走幅跳で、右足はだいじな踏切足。

三か月入院し、二度の手術で骨はつながった。退院後もしばらく、未練がましく走ったり跳んだりしていたが、そのせいで足首の関節が変形してしまい、物理的に走れなくなって、ようやくあきらめがついた。

それでまあ、いよいよ翻訳ひと筋、修行に励もうかと思っているところへ、下訳の口を紹介しようという人が現われた。ほいほい、とぼくは乗ってしまいました。下訳というと、なんだかプロの端くれみたいで通信教育受講生よりはかっこいいではないか。しかしねえ、小学校五年で走幅跳に手を、じゃない、足を染めて以来、競技をすべてに優先してきたぼくは、英文科を卒業したことにはなっているものの、そのときまで原書を一冊も読み通したことがなかった。英語は不慣れ、勉強は大きらい、本を読む習慣はなく、翻訳出版界のことは何も知らんという、まったくもって不埒な翻訳家志望者なのだった。

よくいるんですよ、こういう手合いが。
「翻訳をやってみたいんですけど、翻訳書って読んだことないし、どの出版社からどういう本が出てるか、全然知りましぇん」などと平気でいうやつね。今のぼくは、そんな不心得者を見ると、「顔を洗って出直してきなさい」とどなりつけます。本に対する圧倒的な情熱と知識なしに、翻訳家なんか目指すなっての。原書と訳書の別を問わず、とにかく読書量こそがこの商売の資本なのだ！

えー、原稿の途中ですが、わたし、急に顔を洗いたくなったので、ここで中座させていただきます。

（五分ほど空白の時間）

失礼しました。話を戻します。

まあ、そのような状態で、さる翻訳家に弟子入りし、下訳稼業にいそしむ仕儀となった。要するに資本なしに商売を始めてしまったわけで、倒産ははじめから約束されていたようなものだった。しかも、親会社ならぬ〝先生〟ってのが、いい加減を絵に描いて拡大コピーして３Ｄ画像にしたようなおかたでしてね。つまりは、ろくでもない師匠とろくでもない弟子、足して一ダースでもない師弟コンビが誕生したのだ。

どういい加減かって、その先生、何も教えてくれない。原稿に赤も入れてくれない。それより何より、下訳料を払ってくれない。一応、ペラ（二百字詰め原稿用紙）一枚二百円という約束で、こちらとしては、気楽な独り身ではあるし、月に五百枚こなせばなんとか食って行けるかなあと胸算用していた。実際には、もっとこなした。ポルノ小説を、締切に追われてひと晩で八十枚訳し、充血しまくったこともありました。締切に追われたのは先生で、訳したのはぼく。充血したのは、武田鉄矢がいた〝海綿隊〟。

ところが、千枚やっても、二千枚やっても、お金がもらえない。入門時にあったわずかな蓄えも、たちまち底をついた。なのに、仕事はどんどん来る。働けば働くほど貧乏になっていく気がした。

貧乏って、不思議ですね。最初は、自分に金がないということがすごく理不尽に思えて、それに、いつかは金が入ってくるという漠然とした希望があって、物欲が異様に昂進する。くそーっ、今は買えないけど、あの本とあの本の下訳料がもらえたら、あれを買うぞ、これも買うぞ、とやたら攻撃的な気持ちになるのだ。

それが、何も買えないままに半年ほどたつと、突然、「わたし、な〜んも要らんもんね」と、解脱状態になっている自分に気がつく。いつの間にか、何を見ても、欲しいという気持ちが湧かなくなっているんです。信仰なき即身成仏。

しかし、先生も役者でね。いや、訳者じゃなくて、役者。ときどきぼくを居酒屋に呼び出して、飲ませてくれるのだ。そして、機先を制するように、「お支払いが遅れて、申し訳ありません」などと言う。「月末には、まとまって入りますから」などとも言う。「一枚二百円じゃ苦しいでしょうから、この次から印税折半にしましょう」などとも言う。そのたびに、ぼくはころころとだまされる。

そして、とどめ。その居酒屋の勘定を払うときにですね、先生はさりげなく、財布の中身を見せ、釣りを受け取ってから、「わたくしも今はこれだけしかありませんから、とりあえず、あなたと半分ずつ分けましょう」と言って、二千円か三千円を差し出すんですよ。こりゃ、押しいただくしかないでしょう。

二、三千円あれば、しばらくはだいじょうぶ、とでも思っているのか、一度飲むと、そのあと一か月ほど連絡が途絶える。金もなく、外へ出る気力もないぼくは、ひたすら下訳を続ける。見るに見かねて、大学の陸上部の後輩が、米を一斗差し入れてくれたこともあった。それを炊いて、アジシオかけて食ってました。当時、赤いキャップのアジシオが二十七円。ワンランク上に青いキャップのデラックス・アジシオというのがあって、三十三円だったが、それを買うような度胸はとてもなかった。

こんな生活が約二年。仕上げた原稿約八千枚。もらった下訳料、総計十三万五千円。

寒々しく、日も差さぬ。まさに、わが翻訳修行、冬の時代であった。

冬来たりなば春唐辛子、などと申しますが……。

読む楽しみはあきらめて

純文学系は作者寄り、ミステリは読者寄りに訳す

ミステリの翻訳だからと、特に意識してかかることはありませんね。でも、エンターテイメントとして質の高いものを提供したいという気持ちはある。僕はフィクションもノンフィクションも訳すし、フィクションの中でも、純文学もエンターテイメントも訳してきました。はっきりした境目があるわけではないけど、訳すスタンスとしては、純文学がうんと作者寄りになるのと比べて、エンターテイメントは読者が読んで楽しめるように読者寄りに訳していく。面白さも、読みやすさも、日本の作家が書いたエンターテイメント小説と張りあえるように。

といっても僕は仕事以外で小説を読むほうではなくて、また日本のエンターテイメント小説も読んでもこなかった。だからある意味、ミステリならミステリをたくさん読んできて好きでやっている人と、同じ土俵には立てないなあという気がしているんですよね。例えば「あとがき」を書くのでも、作品論とか、今までのその世界の流れとか、そういうことはわからない。ごまかしで書くことはできますけどね（笑）。だったら自分は、自分のように熱心でない読者が、例えば初めて翻訳小説を読んだときに抵抗なくこの世界に入ってこられるような訳文を書きたい。コアなミステリ・ファンや専門家どうしの約束ごと、共通認識、基礎教養みたいなものが、高い敷居になっているんだとしたら、その敷居をうんと下げたいんですよね。翻訳物は取っつきにくいというイメージを、企業努力（笑）で払拭したいと思っています。

ミステリは原文を全部読んでから訳します。読みながら訳すのではなくて。エンターテイメントの場合乱暴に言えば、結末のほうから書かれている。結末があって、そこから伏線ができ、あるいは読者を違う方向に引っ張っていくミスリーディングが作られますから、それがわかっていないと訳せないですよね。訳すほうも、結末に向かって最後収拾がつくように訳していかなくちゃいけないですし。だから読む楽しみは、訳者としてはあきらめています。むしろ、最初に読んだときの気持ちよさだとか、自分の気持ちに引っかかるものだとか、そういうものをなるべくその通りに日本語で再現していくっていうことに喜びを見出しています。

専門用語を調べるのは大変でしょうと聞かれることが多いですが、作品によって、要求される精度が違うんですよ。リアリティ重視のものもあれば、結構いい加減に作者がでっちあげているものもある。僕がやるのはだいたい、いい加減なほうが多い（笑）。例えば『ビッグ・トラブル』（デイヴ・バリー著、新潮文庫）には飛行機や兵器の話が出てきますが、そういうのはわりと簡単に調べがつくんです。しかしこういう作品の場合、調べて正確だったらよいかというとそうではなくて、その情報がどれくらいの意味を持っているのか。つまり作品の中での役割みたいなものがあって、むしろそっちのほうを読み解くほうが大事になってきます。場合によっては、用語の語義より読者に与えるインパクトを優先して、それにふさわしい日本語をでっちあげることもあります。

原文に寄りかからず、訳語を作っていく

ドン・ウィンズロウなんかもそうです。固有名詞がでてきてもその固有名詞と事実が大事なんじゃなくて、その作品の中での役割ですよね。むしろそっちのほうを読み取っていく。となると調べ

ものに費やすエネルギーより、自分なりにそれをどう位置づけるのか気を遣いますね。ここではさらっと流す、この辺では表面に出して訴えていかなきゃいけないかなというようなことです。

一冊訳すと、必ず何か所かは翻訳不能な部分が出てきます。見たこともない、辞書にも載っていない単語とか、文法的にどうやっても読みほどけない文とか、書いてある事実そのものがわからない場合とか。思い余って著者に直接質問したら、単なる誤植や著者のタイプミスだとわかってがっくりくることもある（笑）。エンターテイメントの場合、原文の流れに乗っかって、想像力でそのでこぼこを埋めていったほうが、結果的にいいものができたりします。最終的に読者の目に触れるのは自分の日本語なんだから、原文に寄りかからないほうが、かえって原文の意図を生かせるということもあるんじゃないでしょうか。

スラングは調べがつかないものが多いです。スラングがたくさん出てくる作家だと、一冊の本の中でスラングの体系みたいなものができあがってくるので、最後まで読むとほぼわかるんですがね。それは文章の流れ、会話だとやりとりがありますし、その作家の書き方の癖みたいなものがわかってくると、だいたいの方向はつかめます。それもやはり正確な意味よりも、日本語として読んで面白いほうに解釈して半分以上作っていく。そういう姿勢でやっています。

オリジナルの造語ではありませんが、ウィンズロウの『仏陀の鏡への道』（創元推理文庫）では、探偵のニールが中国人の通訳にアメリカの俗語を教える場面で、"fuck yes" "sure why not?" "you bet your ass" "shoot" "cocksucker" "motherfucker" "blasted, hammered, spiflicated, shit-faced" "bombed, intoxicated" を、それぞれ「決まり金玉」「ごっつぁん」「結構毛だらけ」「よっしゃ」

「いかれぽこちん」「くされちんこ」「へべれけ、ちゃらぽこ、ぐでぐで、べろんべろん」「すちゃらか、はちゃめちゃ」と訳しています。このときは言葉の数をそろえるのに苦労した覚えがあります。

未知のものが引っ張り出される快感

ウィンズロウの前に、東京創元社からは別の本を頼まれていました。それに取りかかろうとしたら、編集者がちょっとこれを読んでくれって持ってきて、できればこっちのほうをやってほしいって言う。それが『ストリート・キッズ』です。読んだら面白い。受けるかどうかは全然わからないんですけど、なんかこの作家と格闘してみると、面白い言葉とか言いまわしが出てくるんじゃないかという感じがして、喜んで引き受けました。

もがきながら訳しましたね。すごく癖がある作家で、文章のリズムに韻文みたいなところがあるんですよ。どういうものができあがるのかと、不安三割期待七割で、数か月間楽しく格闘しました。さいわい評判もよかったんですが、二冊目の『仏陀の鏡への道』で初めて意図的に文章を作っていくということができたので、二作目からのつき合いというような気がしています。この人はどんどんいろんなものを工夫して、新しいものを作るだろうからついていきたい。これからもずっと抱えていきたい作家です。

新しい作品、新しい作家を引き受けるときに、なるべく苦労する人を選ぶんです。使ったことがない文体とか、語彙とか、そういうものを自分の中から引っ張り出したいという願望があるのでしょうね。原文の力を借りて、思ってもみなかったものが自分の中から引っ張り出されるというのが、快感なんです。だからノンフィクションよりもフィクションのほうが楽しい。でも、本格ミステリみたいなものは、ミステリとしての首尾結構が優先して、文体が二の次になってしまいがちなんで、それは興味がないわけではないですが、僕の出番ではないかなという気がしています。それをやるのがふさわしい方は他にいっぱいいらっしゃる。僕はあくまでも色物ねらいで（笑）。

翻訳でないと自己表現ができない人

十年くらい前から翻訳学校で教えています。小説を訳すんだったら、やっぱりある程度性格がひねくれてるほうが向いている。素直な人とか、ハキハキものが言える人は、べつに翻訳じゃなくてもいいって思うんですよね。ノンフィクションはべつですが、フィクションをやるならば内向するものを抱えてないともたないでしょうね。翻訳でないと自己表現ができない人っているんですよ。だから、なんか同じ病気を患った後輩を、育てているっていう感じですかね。わが身を振り返ってみても、翻訳っていう道が見つからなかったら、ホームレスか犯罪者になっていたと思う（笑）。だから、この道じゃないと力がでない、鬱屈してしまうっていう人を引っ張り上げるのをなかば使命に感じています。

ごめんなさい――第1回翻訳ミステリー大賞　受賞コメント

いやはや、面映《おもは》ゆいことである。すげえ作品を訳させていただいたばっかりに、栄えある第一回翻訳ミステリー大賞授賞式の壇上に立つ仕儀となってしまった。というか、立ってしまった（座っているわけにもいかないので）。立って、表彰されてしまった。

小生とともに、角川書店の編集者である菅原哲也さんも、著者の代理人として壇上に立った。ちょ、ちょっと待ってください。小生、ここで早くも混乱する。べつに張り合うわけじゃないけど、訳者だって著者の代理人みたいなものだ。日ごろ、そういうスタンスで仕事をしている（ような気がする）。つまり、ドン・ウィンズロウ本人が出席できないから、代理人がふたり出席して、賞状をいただくということなのか。

いや、賞状はちゃんと二枚あって、どちらにも著者の名前と訳者の名前が記されていた。ということは、菅原さんは著者の日本総代理店の代表の代理人として出席し、小生は著者の日本語での代弁者もしくは代書屋の本人として出席している、とまあ、整理すればそうなるんだろうか（ちっとも整理されていない気もする）。

そのほかにも、著者にはエージェントという正規の代理人がいて、そのエージェントの代理人を務める日本の翻訳権エージェントがいる。ひとりの著者を支える代理人だらけのスター・システムが構築されているわけだ。

訳者はそのシステムの末端に位置する最下層代理人であって、じつになんというか、気楽な立場にある。できあがった訳書の評判が悪ければ、八割ないし十割を著者の責任にし、評判がよければ、表向き四割、内心では六割二分五厘ほどを自分の手柄のように思ってしまう。確かに辛気くさい仕事であり、ときに過酷な肉体労働でもあり、それに加えて、このところ実入りがどんどん少なくなってきてはいるけれど、そういう気楽な立場で好きなものを訳していられるだけで、気持ちとしてはじゅうぶん報われている。

そのうえで、ときどきこんなふうに好著に巡り会い、方々で褒められ、一時的に懐が潤《うるお》ったりすると、冥利の枠を超えて、なんだか申し訳なくなる。申し訳なさのきわみのような翻訳ミステリー大賞。ひたすら、ひたすら面映ゆい。

ごめんなさい。そしてありがとう、ウィンズロウ。副賞にもらった図書カード、アメリカじゃ使えないだろうから、末席代理人として、小生が余さず使わせてもらいます。つつましく二連覇をめざそうね。

『犬の力』ドン・ウィンズロウ

『犬の力』に関しては、長期にわたって渾身の力で訳してきたし、あとがきも気張って書いて、まあ、ダブルマラソンのゴールテープを切ったあと、サブトラックで四百メートルのタイムトライアルをやったようなもので、もう余念も余力もありません。

今はふたたび息を整えて、次作『フランキー・マシーンの冬』に没入中。『犬』がウィンズロウの転換点だとすれば、こちらはとりあえずの到達点と言っていいと思います。じつにかっこよくて、色っぽい。

『犬の力』だって、色っぽいですよね。暴力的だとか、血なまぐさいとか、残虐だとかいう評言がたくさんあって、はい、それは確かにそうですし、わたしも最初に読んだとき、ちょいとたまげてしまいました。でも、訳し始めてみると、全編やっぱりウィンズロウでした。『ストリート・キッズ』以来十六年付き合ってきて、つくづく、この人は官能と韻律の作家だなあと思います。こんなにスケールの大きい謀略を描きながら、謀略小説にはならないんですものね。人間の詩《うた》、エロスの物語になってしまう。

あとがきに書かなかった極私的な話を書かせてもらうと、じつはこの本、わたしにとって快気祝いみたいなものです。五分の一ほどを訳したあと、中断して日銭仕事にかまけていた二〇〇七年七月に、内視鏡検査で進行性食道癌《がん》が見つかっちゃいました。がーん、って親父ギャグ飛ばしてる場合じゃない。即刻入院、手術ですわ。

宣告を受けたときに思ったのは、最低限、『犬の力』を訳し終える余命が欲しいということでした。その時点で四百ページ以上残っていて、果たして何か月生き延びればゴールにたどり着けるのか……。病院に持ち込んで、手術前日までせっせと訳しました。

そのときの爽快な訳し心地からいっても、これはけっして陰惨な物語ではない。むしろ免疫力を高めてくれるような、熱くしなやかな作品だという気がします。死や痛みや苦悶を随所にちりばめながら、生命の律動に充ち満ちている。

食道癌の手術というのは、消化器系の中で最もむずかしく、危険度も高いそうですが、幸い、精鋭外科チームのプロフェッショナルなメスさばきで、病巣はきれいに剔出《てきしゅつ》され、とりあえず死線のこちら側へ戻ってくることができました。さてそうなると、突発的医療支出の穴を埋めるためにも、リハビリ期間の生計を立てるためにも、またまた日銭仕事に精を出さなくてはなりません。なにせ、フィクションだけやっていると（とりわけミステリーだと）、とても食っていけない出版状況でして……。

てなわけで、手術前からかかえていた本を含め、あれこれ雑多に九冊かたづけたのち、ようやく『犬の力』を再開。いやあ、至福の数か月でしたねえ。こういう仕事ばっかりで生活できたら、どんなに楽しいか。……と言いつつ、たまさかの至福の時間を捻出するために出稼ぎに励む忍従の日々も、あながち捨てたものではありません。

どちらにしても、今生きて、働けていることが、いちいちうれしくて、幸せで。

『犬の力』の最後の一行、最後の句点を入力したとき、術後のリハビリが終わって、後半生のスタート地点に立てた気がしました。そういう意味での、極私的快気祝い。

この作品から授かった免疫力で、しぶとく楽しく働き続けたいものです。

小売りの微少

さらば、冒険小説――『オータム・タイガー』

訳了したのが、三月。四月からフェロー・アカデミーの講師を始めたので、ちょうどいいやとばかりに、この本をミステリーのクラスの教材に使った。十五章あったので、一週間に一章ずつ、前期十五週でぴったりと読み終えた。最後のどんでん返しが売り物の作品だけに、七月半ばごろからは、クラスで結末予想合戦が始まって、巨額の賭けが行われ、教室内は殺気立ち、ついには刃傷沙汰に発展するという、まあたいへんな盛り上がりようだった。死人やけが人があとを絶たない危険な授業になってしまったが、犠牲者の方々のご冥福及びご快復を心より祈りたい。生き残った人は、後期も頑張ろうね。

ラングレーの作品が東京創元社から刊行されるのは、どうやらこれが最後になるらしい。新作の版権は、新潮社に持ってかれてしまったのだ。これと逆のコースをたどったのが、同じイギリスの中堅冒険小説作家ダンカン・カイルで、ぼくの訳した『踊らされた男たち』を最後に新潮文庫を去り、創元ノヴェルズに移籍が決まった。結果的に一対一のトレードみたいになってしまったが、両方に付き合った訳者としては、なんとなく〝降格〟の哀れさが漂うカイルのほうに声援を送りたい。

いずれにしても、冒険小説とはこれでお別れだ。胃拡張の欠食児童みたいに、なんでもかんでも無節操に食いついてきたけど、とりあえず空腹も癒え、食べ物を選べるようになった今、新味のないマッチョ定食にはどうも箸がのびない。スパイ小説もいやだ。安手のロマンスもいやだ。ポルノも、理屈っぽいSFもいやだ（要するに、欠食児童が偏食児童になってしまっただけの話じゃないか）。

さらば、ラングレー。さらば、カイル。さらば、フリーマントル。短い付き合いだったけど、楽しかった。別れても、ぼくらは友だちだ。ときどきでいいから、増刷の印税を運んできてちょうだいね。

経済ものを引き受けた経済的事情――『ライアーズ・ポーカー』

大学の教養で、ぼくは経済学の単位を落とした（誰も拾って届けてはくれなかった）。新聞を読むときだって、経済欄なんて目に入らない（テレビ欄のほうから読み始めて、スポーツ欄で終わってしまうのだ。大洋ホエールズが負けた日は、スポーツ欄さえ読まない）。もちろん、株にも債券にも全然興味がない（向こうも、ぼくには興味を持ってないだろうけど）。いわゆる経済音痴である。

そんな人間に、経済もののノンフィクションを依頼するなんて、出版社も出版社だが、引き受ける訳者も訳者だ。おまえには節操というものがないのか、と問われたら、あいにく切らしてますと答えるしかない。

なぜ引き受けたかというと、「たくさん刷りますから」という編集部次長のひと言があったからだ。角川は、高額の版権料を支払ったらしい。つまり、日米貿易不均衡の是正に、本書は貢献しているわけですね。そして、これが日本で売れれば、内需を喚起し、外圧を和らげる助けにもなる。さらに、周囲を見渡せば、家賃・生活費の高騰、教育費による財政の圧迫など、無視しがたい市場要因がいくつも目につく。とまあ、国際的・社会的・刹那的・主観的見地に立って、この畑違いの仕事を引き受けることにした。平たく言えば、カネに目がくらんだというわけだ。

だから、この本は売れてくれないと困る。出版社も困るが、訳者も困る（作者はアドヴァンスで印税を受け取っているから、困らない。ずるいよなあ）。売れてくれると、出版社も訳者も助かる。書店も取次も潤《うるお》う。多摩市も、東京都も、国税庁も喜ぶだろう。うちの近所の酒屋だって、だいぶ売り上げが伸びるはずだ。

という次第で、本書は国民的期待を背負って世に出るわけだが、版権料の高い作品を引き受けたことは前にも何度かあって、すべてぽしゃってしまっているので、過大な望みは抱かないようにしている。ふむ、なんだか経済の本質に目覚めたような気がしてきたなあ。

三〇年代ベルリン私立探偵走る――『偽りの街』

まずは、高橋恭美子さん、デビューおめでとうございます、思い起こせば二年半前、田村クラスの授業を見学しに、はじめてフェローに行ったとき、高橋さんは現役ばりばりの生徒さんだった。それがとうとう、惜しまれながらアマチュアを引退してしまうわけですね。余生に幸多かれと祈ります（スケートの橋本聖子選手みたいに、引退を撤回したりしないでくださいよ）。

これにあやかって、うちのゼミからも、アマチュア失格者をどんどん出すぞお！

で、こちらの本だが、イギリス人作家がナチス政権下のベルリンを舞台に書いたチャンドラーふう私立探偵小説という、なんとも不思議な作品で、新しいような、懐かしいような、なんとも不思議な味を出している。作者は、一九三〇年代のベルリンのことをかなり調べたらしく、街の雰囲気がリアルに、いきいきと伝わってくる。オリンピックで、あの伝説の四冠王ジェシー・オーエンスが走る場面も出てくるぞ！　とにかく、奇抜な設定をきちんとねじ伏せて、本格派のハードボイルドに仕立て上げるその筆力は注目に値する。三十六歳で、これが処女作だというから、久々に楽しみな新人が登場したものだ。原書を読んだ作家の村上春樹氏が絶賛していたという話を、翻訳に取りかかる前に聞いた。それで、村上春樹氏にオビの推薦文を書いてほしいとたのんだら、あっさり断わられたという話を、翻訳が終わったあとに聞いた。ま、なんにせよ、期待の持てるシリーズであることは間違いない。乞うご一読！

ついでに、扶桑社ミステリーの『氷の微笑』もよろしくね。そう、あの話題の映画のノヴェライゼーションです。読んでから観るか、観てから読むかは、買ってから考えましょう。〝小売りの微少〟という事態だけは、なんとか避けたいものだ。

訳者冥利に尽きるとき——『マネー・カルチャー』

マイケル・ルイスってやつは、いやな男だ。なにせ、若くてかっこいい。そのうえ、英語がぺらぺら。ま、アメリカ人だからあたりまえなんだけど、そのナマの英語で訳者に話しかけないでくれよな。

昼飯をいっしょに食ったときのことだ。メニューを見ながら、マイケル・ルイスが何か尋ねてきた。全然聞き取れない。英語だからだ（英語だということは、なんとなくわかった）。「は？」と、かわいらしく首をかしげてみせたら、同じ質問を今度はゆっくりしゃべってくれた。ゆっくりしゃべったって、英語は英語、聞き取れるわけがない（いばることはないか）。

マイケル・ルイスの向こう側に座っていた通訳の人が、見るに見かねて通訳してくれた（余分なはははは、こっちなんだから労働をさせて、ごめんなさい）。「あなたは何を食べるのか、ときいていますよ」だって。恥をかくのは、ルイス君、そんな初歩的な質問をするもんじゃありませんよ。
（くそっ、覚えてろよ）。

さて、質問はわかったが、どう答えればいいのか？　昔、別の著者と日本料理を食べたとき、山芋を「マウンテン・ポテト」、里芋を「カントリー・ポテト」と〝意訳〟して、青い目の著者と黒い目の編集者に白い目で見られたことがあったが、今回の場合、気取った料亭のメニューだからなあ。どうにも手の打ちようがない。しかたなく、へらへら笑いながら、〝楓御膳〟というところを指差した。

そしたら、マイケル・ルイスのやつ、「ボクモオナジ」と日本語で言うのだ。それから、にやっとして、"It's Japanese style."。このジョークが言いたかったらしい。

まったく、疲れる男だ。

この秋には、ローレンス・ブロックが来日するという。英会話の勉強に余念がないと噂される訳者・田口俊樹氏の健闘を祈ってやまない。

こんなとこなら住んでみたいか!?――『ストーン・シティ（上・下）』

アメリカの刑務所ってのは、しかし、すごいですねえ。日本とは、まるっきり違う。といっても、日本の刑務所にお世話になったことがあるわけじゃないが……。どこがちがうかっていうと、それは、日本の作家George Abeが、『懲役の達人――［アメリカ版］塀の中の懲りない面々』（集英社）という本の中で、カリフォルニアの刑務所に体験入所したときの様子を詳しく書いているけれど、要するに、アメリカでは、看守と受刑者が対等の関係にあるようなのだ。つまり、管理する側とされる側という立場の違いはあっても、身分の上下はないということですね。考えてみると、それが当然なのかもしれないけど、日本の刑務所の場合、どうしても「お上」対「虫けら」って感じになるでしょう？　いや、お世話になったことがないから、断言はできませんが……。

対等だからといって、彼らは和気あいあいと、馴れ合って暮らしているわけではない。互いの人格を認めたうえで、ときに冗談を交わし、ときに激しく敵対する。看守の側が無理に抑えつけようとしないので、囚人のほうも自律的にふるまわざるをえず、大きな刑務所になると、囚人のクラブ組織まであって、当然、政治的な抗争なども行なわれ、まあ、ここまで来ると、ほとんど地方自治体ですよね。結婚あり（もちろん男どうし）、養子縁組あり、監房の買取り制度あり。弁護士もいれば、会計士も、司書も、電気技師も、エンジニアも、芸人もいる。闇では、賭博、麻薬売買、売春、酒の密造も行なわれている。なんと、暗殺集団まである。売店に行けば、面会者へのお土産品として、監視塔とサーチライトの絵が入った野球帽を売っているというから、笑ってしまう。日本の刑務所じゃ、こうはいかないよな。いや、いや、お世話になったことはないんですが……。

そういう都市並みの機能を備えた大刑務所を舞台として、この『ストーン・シティ』という小説は——あれれ、ここで紙数が尽きてしまった。

まだまだ先が楽しみな——『砕かれた夜』

ベルリンの私立探偵ベルンハルト・グンターを主人公とするハードボイルド三部作の二作めだ。前作『偽りの街』では、グンターは元刑事の私立探偵だった。今回は、あまり詳しく言うわけにはいかないけど、探偵を一時休業して、刑事に戻る。そして、三作めでは、また違う役割を担う。というように、設定が一作ごとに変わるのも、このシリーズの見どころでして……。

作者フィリップ・カーは、去年、日本でのデビューに際して、神楽坂のミステリ専門店〈深夜プラス1〉の茶木則雄店長から〝九〇年代を背負って立つ新人〟というありがたいお墨付きをいただいたが、期待にたがわぬ活躍ぶりで、第三作〝A GERMAN REQUIEM〟はフランス冒険小説賞を受賞し、ノンシリーズの第四作“A PHILOSOPHICAL INVESTIGATION”（これが『羊たちの沈黙』も真っ青のど迫力サイコ・スリラーなんです）は、早々と映画化が決定し、現在、新生ロシアに取材したドキュメント・タッチの警察小説“DEAD MEAT”が英米の読書界を騒がせている。

こうなると、困るのは訳者です。今のところ、原書から三年遅れで、なんとか年一冊ずつ訳書を刊行している状態だが、あちらが毎年新作を発表するものだから、いつまでたっても差が詰まらない。たまに出来のよくない作品でも書いてくれれば、喜んで翻訳をお断わりするのだけど、どうもこの作者、駄作が書けない体質らしくて、このぶんでは、ぜいぜい息を切らしながら、二十一世紀まで追いかけていくことになりそうだ。

ついでに宣伝しておくと、本書より二週間ほど早く刊行されたロバート・キャンベル『鮫とジュース』（文春文庫）も、楽しい楽しい小説ですぞ。硬軟みごとに書き分ける職人作家キャンベルの、軟らかいほうの代表作だと思う。この人も、ほんとうは追いかけたい作家なのだが、フィリップ・カー以上に多作なので、まあ、やめといたほうが健康にはよさそうだな。

一冊で三倍おいしい新人作家——『ストリート・キッズ』

本年度のしめくくりでござんす。今年は、八月の末まで一冊も本が出なくて、去年の本の増刷で細々と食っている状態だったが、その後、三か月で四冊出て、本書の編集者に「〝月刊・東江一紀〟ですね」などとからかわれた。休まず働いているのに、本はなかなかコンスタントに出てくれないものだ。

で、この『ストリート・キッズ』ですが、こりゃ並みの本ではない。ジャンル分けするなら、まあ、ハードボイルドということになるでしょう。しかし、作者はそんな枠に全然こだわっていない。筆の、いや、タイプライターのキーの赴《おもむ》くまま、自在にストーリーを操っていく。場面場面でトーンがずいぶん替わるのだが、最後にはそれをひとつにまとめてしまう並みはずれた腕力を持っている。結果的に、これ一冊読むだけで、超面白本を三冊立て続けに読んだような充実感が味わえるんです。うそだと思ったら、買って、読んでみてください。ほんとだと思う人も、やっぱり買ってほしい。

ドン・ウィンズロウというこの新人、今買っておくと、将来、うんと値が上がりますよ。本書が処女作で、同じニール・ケアリーを主人公とする作品を、現在三作めまで書いている。二作目も、三作目も、アメリカの出版情報誌〝Publisher's Weekly〟で、めったにもらえない「注目株」の★をもらっているのです。ほかにも多忙な仕事をかかえながら、年に一作は書き続けるつもりらしくて、追っかけるのがたいへんだろうな。

『五十年間の嘘』

さるパーティーで久々に会ったとき、Sさんは話の途中で鞄《かばん》をあけ、「読んでみませんか?」と、金ぴかの本を取り出した。わたし、ちょっと身を引きました。読む時間がないし、まして翻訳を引き受ける余裕はない。

すると、Sさんが、「『悪童日記』のポーランド版ですよ。キューブリックが映画化するそうです」と言うの。ちなみに、Sさんは『悪童日記』の担当者、アゴタ・クリストフを掘り出した編者です。

「むむっ」と思うよなあ。わたし、何年か前のAmeliaで、『悪童日記』を年間ベスト1に推しましたもの。その一瞬のすきを突くように、Sさんはまた鞄に手を入れ、「映画、好きでしょ?」と、あるフランス映画の試写会のチケットを一枚差し出す。新聞の勧誘じゃないっつうの。

見え透いた手を使うSさんもSさんだが、その手に乗ってしまうわたしもわたしである。結局、読んでみることになった。気に入らなかったら放り出していいという条件で……。

なかなか読み始められず、少しずつ先延ばししているときに、また偶然Sさんに会った。「ちょうどよかった」などと言って、Sさんは鞄から一冊の本を出した。「この前の作家が二作目を書いてきたんです」とプレッシャーをかけるのだ。

急いで一作目を読んで、たいへんそうだから断ろうとしたのだけど、Sさんに押し切られ（試写会チケットが効いていた）、訳すはめになった。それが本書である。実際、翻訳作業はたいへんだったが、それなりに得るものは多かった。でも、『悪童日記』とはずいぶん違っていたぞお。

訳了後、Sさんに会ったら、今度は、鞄から同じ作家の三作目が出てきた。おもしろそうだけど、まだ読んでいない。

次に会うときは、あの鞄からトカレフか何かが出てきそうで、わたし、心の底からおびえている。

『FBIが恐れた伝説のハッカー』

「サイバースペースの名勝負」と呼ぶには、道具立てがちょいと素朴すぎる気もするけど、「電脳倫理」とでも名づけたい複雑で新奇な問題をいろいろ引っ張り出してくれた点では、まあ、エポックメイキングな闘いと評していいんじゃなかろうか。

下村努VSケヴィン・ミトニック戦のことです。そう、コンピュータ・セキュリティの専門家である下村が、保護観察違反で逃亡中のハッカーであるミトニックに、自分のコンピュータのファイルを盗まれて、「名誉の問題」として必死の追跡を繰り広げ、ほぼ自力で捕まえちゃったという事件。

下村の側からの戦況報告は、本誌八月号で穂井田直美さんが紹介した『テイクダウン』（徳間書店）という本に詳しく綴《つづ》られている。しかしですね、この本、詳しい割には語られていないことが多い。それは、ひと足早く翻訳刊行されたジェフ・グッデル『ハッカーを撃て！』（TBSブリタニカ）と読み比べるだけでも明らかだ。

そもそも、下村はどんなファイルを盗まれたのか？　報道された被害額に誇張はないのか？　ミトニックのしわざだという証拠があるのか？　セキュリティの専門家である下村のセキュリティは万全だったのか？　『テイクダウン』の共著者ジョン・マーコフは、「インサイダー」として事件にかかわりながら、記事を書き、本を書き、数十万ドルのアドヴァンスを得たのではないのか？　FBIの捜査に違法性はなかったのか？

ほんと、首をひねることがたくさんあるんです。ひねりすぎて、わたし、首が回らなくなってしまった。あ、それは家計が苦しいせいか。とにかくまあ、ふた足遅く翻訳刊行された本書を読めば、サイバースペースの正義というやつが、けっして一面的なものではないことがよくわかる（と思う）。

寝耳に蚯蚓

ポーク・ストリート・ジャーナル

『ごみ溜めの犬』MWAペーパーバック賞獲得！

一九八七年アメリカ探偵作家クラブ賞（別名エドガー賞）のペーパーバック部門は、ロバート・キャンベル『ごみ溜めの犬』（原題"The Junkyard Dog"）、リリアン・ジャクソン・ブローン"The Cat Who Saw Red"、R・D・ブラウン"Hazzard"、ニック・クリスチャン"Ronin"、ケイト・グリーン"Shatlered Moon"の五候補作によって争われ、本書が見事栄冠を勝ち得た。

七〇年に新設されたこの部門賞は、ウォーレン・マーフィー、グレゴリー・マクドナルド、ビル・グレンジャー、L・A・モースなどのスターを輩出し、エドガー賞の中でも特に競争が激しく、水準が高いことで知られる。

なお、本書はPWA（アメリカ私立探偵作家クラブ）でも、読者が選ぶアンソニー賞ペーパーバック部門の受賞作となった。

ロバート・キャンベルの略歴については、本書カバー裏を参照。

シカゴ・ミニ知識

■ループ（環状線）

シカゴのダウンタウンを走る高架鉄道。環状線だが、この中だけを回る電車はなく、南北西の三方に路線が延びている。東京の山手線よりはぐっと範囲が小さく、線路に囲まれた東西五ブロック、南北七ブロックの繁華街は〈ザ・ループ〉などと呼ばれる。

■アル・カポネ

ご存じ暗黒街の帝王。一八九九年ナポリ生ま

犬の次はゴリラ！　フラナリー氏、相次ぐご難

一九七八年以来の寒波に見舞われたシカゴでは、動物園のボイラーが故障し、寒さに弱い動物たちの仮住まいを急遽探さなくてはならなくなった。

特に市民の人気者である雄ゴリラ〈ベイビー〉が凍死するようなことにでもなったら、現市長の信任問題にもつながりかねない。

そこで、民主党二十七区の班長ジェームズ・フラナリー氏が一計を案じた。〈パラダイス・バス・ハウス〉のサウナ室に預かってもらったらどうだろう？

かくして、〈ベイビー〉はサウナへ移され、一時的に寒さから逃れることができた。

ところが、翌日、サウナ室の中で、ふたりの男が裸で死んでいるのが発見された……。

ジミー・フラナリー・シリーズ第二弾『六〇〇ポンドのゴリラ（仮題）』、近々二見文庫に登場!!

熱々カップルの行く末は？

堕胎診療所爆破事件をきっかけに知り合い、その後交際を続けてきたジェームズ・フラナリー氏とメアリ・エレン・ダン嬢は、結婚問題に関して、「シリーズ第三弾“Hip-Deep In Alligators”までにははっきりさせたい」と、前向きの抱負を語った。ジェームズ氏の父親マイク・フラナリー氏は、ふたりを温かく見守っている。

れ。貧しい移民の子として ニューヨークで育ったが、シカゴに移り住んだころから暴力組織で頭角を現わし、禁酒法時代に酒の密造・密売などで巨大な利益をあげて、アメリカ全土に勢力を広げた。一九三二年、脱税のかどで投獄され、釈放後、三九年に病死した。

■リチャード・デイリー　一九五五年から七六年まで、六期にわたって権勢を振るった大物市長。シカゴ政界に深く根をおろしたアイルランド系民主党政治家の流れをくみ、〝マシーン〟と呼ばれる集票組織をバックに、州政、国政にまで影響力を行使した。

動物名当てクイズ四作目は何?

鋭敏な読者ならお気づきのように、本シリーズのタイトルには、犬、ゴリラ、ワニ、と、すべて動物の名前が入っている。そして、なんと、訳者の手もとには四作目のゲラ刷りが届いているのだ。

こういう速筆の作家にはほんとに困ってしまう。周りの迷惑なんかおかまいなしなんだから……。しかも、このシリーズ、アメリカでは大人気で、三作目からはハードカバーに昇格している。調子に乗って、今後もどんどん書きまくることだろう。動物の名前なんて、数限りなくあるもんね。『○・○七ポンドのミミズ』とか、『トンビは舞い降りた』とか、『ショウジョウバエの系図を追え』とか、『切り裂かれたスルメイカ』とか……。

さて、そこで問題。四作目のタイトルに登場する動物はいったいなんでしょう? 正解者の中から抽選で五組十名のかたを、シカゴ二十七区巡りにご招待! ただし、往復の旅費、宿泊費は自己負担。現地観光局で無料の地図をもらったうえで、各自予約を取ってジェームズ・フラナリー氏を訪ね、区内を案内してもらってください。

オプショナル・ツアーとして、二十五区にあるアディソン氏経営の〝社交クラブ〟で楽しいひとときを過ごすコースもあるが、時折、銃を持った強盗が乱入することがあるので要注意。

キャンベル もうひとつの顔

ロバート・キャンベルはこのシリーズのほかにも、ロサンジェルスの私立探偵ホイスラーを主人公とするシリーズもの(三巻にて完結の予定)を書いている。第一作『L.A.で蝶が死ぬ時』(二見文庫所収)は、ローレンス・ブロック『聖なる酒場の挽歌』(同じく二見文庫)などとともにPWAの最優秀長編賞候補となり、版元であるアメリカ・ミステリー界の重鎮オットー・ペンズラー氏に激賞された。ハードボイルド・ファンには見逃せない作品だ。

『デイヴ・バリーの40歳になったら』訳者あとがき

四十にして惑わず、なんてことは、まあ無理だとしても、四十にして騒がず、とか、よろけず、とか、あわてず、とか、乱れず、とか、悔やまず、とか、うわつかず、とか、要するに、なんかこう、しっとり落ち着いた、渋くて品のいい、後ろ姿にそこはかとなく哀愁の漂う、そんなふうな本格派中年の像を、四十になる前は胸に描いていたのだが、人間はある日突然四十になったりするわけではなく、**時速一時間**というスピードで歩いていくうちに、三十八になり、三十九になり、三十九歳半になり、三十九歳十一か月になり、生まれてから三十五万と六百四十時間を経過すると、前科や借金のあるなしにかかわらず、不可避的に四十歳の瞬間を迎えてしまうもので、迎えたからといって三十代のころより俄然賢くなったというようなことはなく、二十歳のときの倍もセクシーになったというようなことも全然なく、〝分別盛り〟などという言葉は十歳上の人々が五十代のほうへ持っていってしまい、〝色気盛り〟という言葉は光速で後方へ遠ざかってしまって、なんだ、なんだ、酒ばかりくらっているうちに、気づいたらファック、じゃない、不惑の歳になっていて、「いやあ、暴飲矢のごとしだなあ」と感慨にふけるきょうこのごろなのだが、そんな新中年のバイブレーター、じゃない、バイブルともいうべき本として、このたび情死、じゃない、上梓されたのが、焚書、じゃない、本書であり、いったいどんな内容の本かというと、ほら、中年になるといろいろあるでしょう、たとえば、四十肩、五十腰、二重あご、三段腹、一石二鳥、三寒四温、五臓六腑、七転八倒、九勝十敗、十一月十二日、十三時十四分……とまあ、四十歳になった人間がかかえる宿痾《しゅくあ》というものは、枚挙にいとまがないわけで、〝マイキョ〟に〝イ〟と〝マ〟がなかったら、残るのは〝キョ〟だけ、つまりこれは〝キョ〟についての本なのだと理解してもらえれば、幸甚の至りなのだが、このろくでもない本を書いたデイヴ・バリーというオジン、じゃない、御仁についてちょっと解説しておくと、一九四七年生まれのベビー・ブーマー、日本でいうと団塊の世代にあたり、子どものころから書くことが好きで、高校・大学と新聞部に所属し、ただし、真実を報道するのはめっぽう苦手、でっちあげの記事ばかり書いていたというから、こうなる素地は十分にあったわけだが、大学卒業後は、「デイリー・ローカル・ニューズ」という小さな地方紙の記者になり、アンノン嬢、じゃない、案の定、真実を報道する仕事にいやけがさして、数年で退職、APの記者を短期間務めたあと、ビジネスマン相手に手紙の書きかたを教えるセミナーの講師に転職し、そのころにはもう、妻子と住宅ローンと歯肉炎をかかえていたので、なんとか安定した仕事を得ようと、書きためたユーモア・コラムを昔の職場である「デイリー・ローカル・ニューズ」の生活欄担当編集者に送りつけ、たまたまその編集者が自分の妻だったものだから、原稿が採用されて、あれよあれよという間に、そのコラムが全国百数十紙に配給される売れっ子となり、ついでに単行本を出し始めたら、ピューリッツアー賞を受賞するというたいへんな騒ぎにまで発展して、今となっては本人にも収拾がつかず、依然として新聞のコラム連載を続けながら、年に一冊出す本がことごとくベストセラーになり、何を考えたか、この十月には、*Dave Barry Does Japan*（『デイヴ・バリーが日本をする』）という本を出すらしくて、いやはや、この先どうなることやら……。

乱筆乱心多謝・訳者

『デイヴ・バリーの日本を笑う』訳者あとがき

ん。

ええ。

そうなんです。

（宇能鴻一郎か、おまえは！）

いや失礼しました。前作のあとがきで、三頁三十七行句点なしのワンセンテンスという駄文を書いてしまって、すっかり息が切れ、ついでにネタも切れ、いけないことと知りながら、ついついマルを多用しちゃったんです、あたし。いやん、ばっかん、クセになっちゃいそうです、あたし（死ぬまでやってろ！）。

ま、そんなわけで、とうとうやってきたのだ。何がって、来る来ると昔から聞かされていたあの**老化のプロセス**が——。ちゃう、ちゃう、それは前作の前口上だ。やってきたのは、〝アメリカ一の変なやつ〟と「ニューヨーク・タイムズ」で褒められ、〝怒髪天をつくほど頭がおかしい〟と「デイリー・ヨミウリ」で絶賛されたピューリッツァー賞受賞作家、デイヴ・バリーです。そう、デイヴが日本へ来ちゃったの。一九九一年夏というから、おい、おい、前作『デイヴ・バリーの40歳になったら』を翻訳している最中ではないか。

知らなかったなあ。訳者が悪銭身につかず、じゃなくて、悪戦苦闘しているあいだに、その本の作者がこっそり日本へ乗り込んできて、東京、京都、広島、別府を攻め落とし、ケイダンレンやニンテンドーにまで奇襲をかけていたなんて……。まったく、油断もすきもありゃしない。三週間に及ぶ情報収集活動によって、日本の高度経済成長の秘密を盗み取り、カラオケ歌唱技術とニッサン・スタンザ製造技術を修得し、ロック・ミュージック界と落語界の現状を見抜き、倫理観・労働観・スポーツ観・ピザ観の違いを身をもって体験したデイヴは、逃げるようにアメリカへ帰って、九二年秋、この『デイヴ・バリーの日本を笑う』（原題〝Dave Barry Does Japan〟）を発表したのである。日本の公安組織は、いったい何をしていたのか。

この新刊に盛り込まれた鋭くも精緻な洞察、斬新にして衝撃的な知見は、アメリカ全土を震撼させた。「ニューヨーク・タイムズ」は「朝食の卵二個が一万六千五百ドル！　ジャパンは恐ろしか～」と書き立て、CNNの人気トーク番組「ラリー・キング・ライヴ」では、ラリー・キング氏が興奮のあまり、「この本に書いてあること、ほんまでっか？」とゲストのデイヴに関西なまりで問いただす一幕もあった（デイヴは、「なあんも、ほんとのことなんて、書くわけないっしょ」と、北海道弁で答えた）。

日本のマスコミも、黙ってはいない。「ニッケイ新聞」（日系日本人向けの日刊紙）が、ニューヨーク駐在記者をマイアミに派遣し、著者インタビューを敢行した。この記者の大まじめな質問ぶりに、デイヴも思わずTシャツの衿を正して「日本人はどうして、いつもまわりを気にするのだろう。他人の目と不文律の社会ルールで、個人の意識が窒息しそうに見えた。ぼくの好きな日本人の優しさとか他人への気遣いは、ぼくの嫌いな個性のなさと同じところから来てるのでしょう」というまじめなコメントを返している。

さらに、「アサヒ新聞」（本書の中でもスーパー・ドライとの関係が指摘されているが、キリン、サッポロと並ぶ三大紙のひとつ）がこの本のことを取りあげたという情報が、本書の編集担当者・ヒゲの小路氏からもたらされた。訳者は驚いて、紙面を隅から隅まで探しましたよ。ところが、どこにも載っていない。読書欄にも、文化欄にも、社会面にも、スポーツ面にも、Gコード面にも、テンセージンゴにも、ソリューシにも、天気予報欄にも、もしやと思われた連載漫画のコマの中にも（外にも）、多摩南部版にも、折込みチラシにも、ないったらないんです。「降参。おせえて」と小路氏にすがったら、小路氏はひげ面をムフフとほころばせ、「**社説**です」とのたまうではないか。うーん、やられた！　社説とは、しかし、うまいところに隠したもんだ。普通の読者の目には、絶対に留まらないからなあ。というわけで、〝社説〟と書かれた欄の不可読バリアを解除して、読んでみました。ふむ、あった、あった、あった。「三十代半ばの著者が三か月ほど、家族連れで日本各地を歩いた体験記」だと紹介されている。デイヴ・バリーはどう計算しても四十代の半ばだし、旅行期間は三週間なんですけどね。まあ、いいか、社説だから。「著者は、日米両国民は違いがあるからこそ、互いに認め合い、尊敬し合わなければならない、と説いている」とも書いてある。まあ、いいか、社説だから（ピーッ、イエローカード！）。

どういう読みかたをされたって、構わないといえば構わないのだが、人類愛とか善隣友好とかいう大きめの気持ちは、本書を読む際には、ちょっとわきに置いといたほうがいいんじゃないかと思う。笑い声も、「**靴靴**」よりは「**下駄下駄**」のほうが、デイヴ・バリーには似合うんじゃないかと思う。余計なお世話か。

などと、訳者までが尻馬に乗ってはしゃいでしまったが、アメリカのユーモア・コラムニストが日本について書くというのは、実はたいへんに微妙なことである。しかも、三週間という短い滞在期間中に、一見《いちげん》の客として遭遇した事実（もしくは想像した事実）を、針小棒大本末転倒猪突猛進委細面談のペンで綴《つづ》っているわけだから、中には「おい、おい、ちょっと待ってくれ」とデイヴに説明したくなるような箇所も散見される。けれど、一方、笑いという拡大鏡を通すことで、一アメリカ人旅行者の素朴な驚きがより鮮烈に伝わってくる部分もあって、まあ、無二無類無理無茶無駄のユニークな旅行記に仕上がっていることは間違いない。

本書に登場する石川洋さん、酒井伊津子さん、門脇邦夫さんには、編集部経由でお話をうかがったが、お三方とも微苦笑をもって受け止めておられるようだ。読売新聞社の小島義文さんには、訳文校閲の労を執っていただいた。この場を借りて、御礼申し上げます。編集担当の綜合社・小路氏にもいろいろお世話になったけど、共犯者のようなものだから、御礼は言わない。本書が売れたら、祝杯をあげましょう。売れなかったりしたら、そのヒゲを一本一本引っこ抜いて——（ピー、レッ

ドカード！　訳者退場）

『デイヴ・バリーの笑えるコンピュータ』訳者あとがき

ふ〜む、笑えるコンピュータである。

笑えますかねえ。

わたしなんぞ、パソコンには泣かされてばっかりだ。

わたしがパソコンを買ったのは、二年前の春のこと。翻訳業界に押し寄せるデジタル化の波に抗しきれず、『パソコンなら仕事が2倍できる』などという甘言に背中を押されて、流されやすい無垢な中年訳者は、えいやっとばかりに、清水の舞台から飛び下りたんである。

年寄りのキヨミズ、ですね。

そしたら、なんと、わたしが神とも師匠とも背後霊とも仰ぐマイアミ在住のデイヴ・バリー様が、秋に"Dave Barry in Cyberspace"なる本をお出しになるというニュースが飛び込んできた。

えらいこっちゃ。どういう内容の本なのかはさっぱりわからないけど、早くパソコンを使いこなせるようにならないと、翻訳するときに困るぞ。

とまあ、原書がアメリカで出版される前から、わたしは勝手に翻訳することに決めて、勝手に焦っていたんであります。

　実は、バリー様はロック・ギターがおできになる。いえ、いえ、ギターが化膿して〝おでき〟になるんじゃなくてですね、仕事場にギターとアンプを置いて、暇があると古いロックンロールのナンバーをかき鳴らしているほどの、というより、演奏の合間を縫ってユーモアコラムを書いているほどのロックおたくなのだ。宅ロック郎。

　ＡＢＡ（全米図書協会）のコンベンションでの客寄せ用に、ベストセラー作家ばかりで結成されたロック・ボトム・リメインダーズというバンド（メンバーには、スティーヴン・キング、エイミ・タン、ロバート・フルガムなどが名を連ねていて、その後全米ツアーを敢行するまでになる）では、堂々リード・ギターを務め、サイド・ギターのスティーヴン・キングにバレー・コード（左手人さし指で六本の弦を全部押さえるやつですね）の押さえかたを指南していた（結局、キングはそれをマスターできず、リメインダーズのレパートリーは、バレー・コードのないスリー・コードの曲のみで固められる）。

　話が横道にそれたけど、つまり、〝おたく〟的傾向を持つうえに、メカにも結構強いおかたなんですよ。ウィンドウズ３・１のころにも、新聞のコラムで、堂々たるサイバーホリックぶりを披露している。電脳世界の高度な知識や技が満載の本だったら、どうしよう。ついていけるのかなあ、わたし。

　というわけで、目の色を変えて（なにせ、青い目のバリー様の作品を訳すわけですから）電脳修行に励んだ結果、ほんの数か月で、わたしもりっぱなサイバーホリックになっちまいました。ほんとに流されやすいのね。

サイバーホリックの自覚症状は、いろいろある。

まず、躁鬱です。なにせパソコンは反応が大げさで、おまけに画面がきらびやかで、ひとつひとつの操作を無事に成し遂げたときの達成感がすごく大きい。ところが、ちょっと手順を間違えようものなら、「ブッブー」と警告音が鳴る。「このプログラムは不正な操作を行なったので強制終了します」などと脅しをかけてくる。目くるめく恍惚至福の境と深い絶望の淵とを数秒のうちに往復するのだから、気分の揺れは並たいていのものでない。

それから、過換気症ね。突発事態が起こるたびに（これが実に多い）、焦っちゃいかんと思い、「深呼吸、深呼吸」と自分に言い聞かせるもんだから、逆に代謝が亢進して、呼吸困難・動悸・胸痛を引き起こす。

ついでに、「えっと、そう、深呼吸だよな。深呼吸はどこをクリックすればいいんだっけ？」と、なんでも画面上でかたづけようとするマウス依存症も加わる。

そうやって一日をサイバースペースで過ごすと、夜はもうぐったり。酒なしでは眠る気力も湧いてこない。必然的に、肉体はアルコールにむしばまれ……って、生来のアルコール依存までパソコンのせいにしちゃいけません。

かくして、今のわたし、ワーカホリックとアルコホリックとサイバーホリックの三重苦を背負うかわいそうな身の上に成り果てた。

何ごとも、ほどほどがよろしいということでしょう。

デジタルは及ばざるがごとし。

訳者

『ビッグ・トラブル』訳者あとがき

寝耳に蚯蚓《みみず》、でした。

いえ、その、デイヴ・バリーが小説を書くと聞いた瞬間の、わたしの心境。

冗談だろ、と思いました。

でも、考えてみたら、冗談を実践するのがこの人の仕事ですもんね。〝アメリカ一の変なやつ〟という尊称は伊達ではない。公子でもない（あ、気にしないでください）。

んじゃ、ここで、ご存じないかたのために、ちょこっと作者紹介を。

デイヴ・バリーは、一九四七年生まれのベビーブーマー、日本で言う団塊の世代ですね。ニューヨーク州の小さな地方紙の記者を経て、コラムニストとして独立。一九八三年に「マイアミ・ヘラルド」の誘いで、妻子を引き連れてフロリダ州マイアミへ移り住んだ。そこで書いたコラムが全国百数十紙に配信され、たいへんな人気を博する。そのかたわら、年一冊のペースで、さまざまなテーマ、趣向の書き下ろし本を上梓し、これがまた売れに売れて、一九八八年にはピューリッツァー賞を受賞しちゃいました。

ピューリッツァー賞の名誉のために言っておくと、この年の審査員は全員べろべろに酔っ払っていた（と、受賞者であるデイヴ・バリーが言っている）。

作風は、ひと言で表現するなら、無二無類無理無茶無駄無内容無定見無節操（↑どこがひと言なんだ？）。みごとなまでに中身がない。品もない。〝くだら〟もない。

デイヴ・バリー本人は、自分の書く文を、鼻くそ《ブガー》ジョークと呼んでいる。つまりはこの人、鼻くそを食べて、じゃない、鼻くそで食べているわけです。類《たぐ》い希《まれ》なる才能だ。

でも、というか、だからこそ、小説を書くと聞いたとき、おい、おい、なんで今さら、と思っちゃったんですよね。そんなことする必要、ないじゃん。まったく筋の通らない文章をひたすら書き連ねることで〝アメリカ一〟の座にのぼり詰め、そっちの方面ではいまだ他の追随を許さない。言うなれば、ナンセンスの王者です。〝捨《す》てー文《ぶん》キング〟。

駄文好きのデイヴ・バリー訳者としては、不安六割、期待三割、焼酎お湯割、塩胡椒適量という配合で、この処女小説の完成を待っておりました。

ついにできあがってきたのが、忘れもしない、えーと、いつだっけ、その、つまり、思い出せもしないある年の春か夏（か秋か冬）。タイトルを見たらば、なんと『ビッグ・トラブル』。ふ、不吉だなあ。

目をつぶって、読んでみました。読めなかったので、薄目をあけて読んでみました。一読三嘆、臥薪嘗胆《がしんしょうたん》。ぬあんと、筋が通っているではないか。キャラクターも、ちゃんとできている。だいじょぶかと思ってしまうぐらい人物がたくさん出てきて、その人物たちがてんでに動き回って、なのに物語はみごと収拾がついています。大傑作と呼んでもけっして過言が過ぎることはないような気がしないでもない。ごく単純に言って、期待はずれ、じゃない、不安はずれでした。

アメリカでは、刊行たちまちベストセラー・リストに登場。早々と映画化が決まってしまった。映画は二〇〇一年秋公開で、日本でも二〇〇二年初めには上映されるらしい。ついでに、二〇〇〇年度のアメリカ探偵作家クラブ最優秀処女長編賞にもノミネートされ、ミステリー界を沸かせた。なんだか拍子抜けするぐらい、好調で好評なんです。

その理由は、本書を読めばおわかりいただけると思うが、もし冒頭の〝謝辞と警告〟を気に入ってしまったかたは、嗜虐的ナンセンス依存の徴候ありと思われるので、以下に挙げる既訳書を手に入れて、対症療法を試みることをお勧めします。

『デイヴ・バリーの40歳になったら』(東江一紀訳/集英社)
『デイヴ・バリーの日本を笑う』(東江一紀訳/集英社)
『デイヴ・バリーのアメリカを笑う』(永井淳訳/集英社)
『デイヴ・バリーの笑えるコンピュータ』(東江一紀訳/草思社)

そいじゃ、お大事に。

#『ストリート・キッズ』訳者あとがき

鬼才と呼べばいいのだろうか。それとも、奇才か。スケールが大きくて、実に楽しみな、というよりは末恐ろしい新人が登場したものだ。成熟しきったハードボイルドの分野に、そうそう新手など転がっているはずがないのだが、このルーキーは平気な顔で、豪速球をどまんなかに投げたかと思うと、見たこともない変化球を外角低めに決めたりする。矛盾した言いかただとは思うけど、コントロール抜群の荒れ球投手ですね、この人。構想なんて知るものかと言いたげに、奔放に、自在に、物語を綴りながら、並みはずれた腕力で、筋を一本通してしまっている。初々しくて、ふてぶてしいのだ。

ドン・ウィンズロウというペンネーム（だと思う。本名だったら、謝ります）からして、人を食っている。一九三四年、ドナルド・ダックと同じ年にデビューした漫画の主人公の名前なのだ。海軍少佐の作になるアメリカ海軍後援のこの漫画は、祖国に仇《あだ》なすさそり団という陰謀組織や日独諜報部を相手に、海軍士官ドン・ウィンズロウが獅子奮迅の大活躍を見せるという愛国冒険劇であり、本書のような作品の著者が、そういうところからペンネーム（だよね。違ったら、ほんとうに謝っちゃう）を引っ張り出してきた真意は、どうにも量りかねる。日本でいえば、『のらくろ』を全然知らない世代の作家が、洒落《しゃれ》で〝野良九郎〟と名乗るようなものだろうか。あっ、訳者名にそれを使うんだった！

まあ、名前については、次作までの宿題にするとして（何かのついでに、著者に問い合わせておきます）、この怪物ルーキーのプロフィールを、版元セント・マーティンズ・プレスの著者アンケート資料にもとづいて紹介していこう。

一九五三年十月三十一日、ニューヨーク市に生まれたそうであります。四十歳になったばかりということだな。この作品を発表したときは、三十七歳。

アフリカ史の学士号と軍事史の修士号を持っていて、現在の職業は、調査員兼作家兼サファリ・ガイド。これまで経験した職業というのが、すごいぞ。俳優、ディレクター、教師、記者、劇場支配人、研究員、臨時雇いの覆面警官、フレンチ・ドレッシングの大桶にケチャップをぶち込む係、そのドレッシングの配達係、どさ回りのボードビル劇団でブリキの横笛を吹いたり取り落としたりする役、テロリスト対策シミュレーションでの〝人質〟役……。

趣味は、歴史とアイスホッケーと釣り。そのほかに、第三世界での暴動を、現地人の部隊を使って鎮圧するのが得意だが、それが趣味と呼べるかどうか、などと本人が書いていて、ふーむ、この辺でペンネームとつながってくるのかもしれないなあ。とにかく、アフリカには相当詳しいようで、滞在したことのある国として、南アフリカ、モザンビーク、アンゴラ、ナミビア、ジンバブエ、レソト、スワジランド、ケニアが挙げられている。

本書を執筆した動機は、イギリス国防省の調査活動でロンドンにいたとき、背中の骨を折って、長い入院生活を送ることになり、それが記録的に暑い夏だったので、時間つぶしと現実逃避のためにストーリーを練り始めたのだという。特に取材をしたわけでもなく、自分の体験をもとに書いたのだそうだ。

本書の見本を有名人に読ませて、宣伝用のコメントをもらうとしたら、誰がいいか、という問いには、ロバート・キャンベルとバーナード大学のジェームズ・バスカー教授の名を挙げている。パチパチパチ……。これは、訳者の拍手の音です。バスカー教授というのは、十八世紀文学の権威らしくて、ま、たぶん、スモレットか何かを研究しているんでしょう。うれしいのは、ロバート・キャンベルだ。いや、よくぞ言ってくれました。そうか、ウィンズロウ君、きみはキャンベルが好きなのね。意外というか、当然というか……。きみに惚れたこの訳者は、キャンベルにも惚れているのだよ。本書を気に入ってくれた読者の皆さん、ロバート・キャンベル『鮫とジュース』（文春文庫）もよろしく。

さて、本書の時間的な舞台である一九七六年について、少しだけ補足しておこう。ニールが途中まで大きな関心を寄せていたニューヨーク・ヤンキースの成績だが、アメリカン・リーグ東地区で一位となって、カンザスシティ・ロイヤルズとのプレーオフを三勝二敗で制したが、ワールド・シリーズでは、四連敗でシンシナティ・レッズに屈した。大統領選は、元ジョージア州知事、民主党のジミー・カーターが、現職のジェラルド・フォードを僅差で下した。副大統領は、もちろん、ジョン・チェイス上院議員ではなくて、現駐日大使のウォルター・モンデール氏だった。

コネティカット州に居を構えながら、アメリカ政府の対アフリカ諜報活動に従事し、そのかたわらサファリ・ガイドを務め、さらにイギリスやアフリカ諸国やジャマイカの高等教育プログラムの作成に力を貸しているという多才・多忙の士ドン・ウィンズロウは、とりあえず年に一作、ニール・ケアリー・シリーズを書きつないでいくつもりのようだ。二作目『仏陀の鏡への道』では、ニールが中国・香港まで出張する。第三作は、ネヴァダ砂漠が舞台になるらしい。アメリカでの評価はこのところ高まる一方なので、日本の読者も心置きなく、ニール・ケアリーに、そしてドン・ウィンズロウに声援を送ってもらいたい。

『仏陀の鏡への道』訳者お詫び

シリーズ一作め『ストリート・キッズ』から、三年以上もあいだがあいてしまったことを、ひらにお詫びいたします。読者の方々から、激励、懸念、懇請、憤怒のお手紙をたくさんいただきました。なかには、「売れ行きが芳《かんば》しくないのでは」と心配してくださったかたもありましたが、いえ、いえ、好調に版を重ねておりますし、マルタの鷹協会のファルコン賞、「本の雑誌」の熊さん新人賞と、日本の誇る二大ミステリ賞を獲得して、評判も上々です。

二作めの刊行がここまで遅れたのは、ひとえに訳者の遅筆・かかえ込み体質によるものでありまして、まことに面目次第もございません。このニール・ケアリー・シリーズ、アメリカでは去年

（一九九六年）、五作めが刊行され、完結してしまっております。日本での翻訳権も、東京創元社が全作取得し、順次刊行していく態勢が整っております。あとは翻訳者が、ということで、いや、ほんとうに申し訳ない。重ね重ねお詫びしつつ、第三作の早期刊行をめざして、奮励努力する所存です。どうかお見限りなきよう。

この『仏陀の鏡への道』翻訳に際しては、倉田裕子、勝俣孝美、下地雅人の三氏から、中国語及び中国の地理に関し、貴重な助言をいただきました。多謝。しかし、作者ドン・ウィンズロウの並々ならぬ東洋理解といつもながらの豪腕ストーリーテリングに、訳者が翻弄されてしまった部分も多く、無知・非力ゆえの間違いについては、読者諸賢のご叱正を請うしだいです。

『砂漠で溺れるわけにはいかない』訳者あとがき

ニール・ケアリー・シリーズ、これが五作めで、最後です。最後だから訳者も何か書けってんで、恥ずかしながらしゃしゃり出てまいりました。

何が恥ずかしいって、一作めの『ストリート・キッズ』が刊行されたのが一九九三年十一月。訳し始めたのは、おそらくその年の初めごろですから、シリーズ完結までに、なんと十三年半かかっている。よくまあ、そんなことが許されたものだ。いや、許すも許さないも、単に訳者がずるずる引きずっていただけの話なんですが。

まことに申し訳ありません。読者の皆々様に、そして版元である東京創元社に、この場をお借りしてひらにご容赦を請うしだいです。お借りしたついでに、この十三年半ののろい歩みをざっと振り返ってみます。大部分がらちもない弁解ですので、よっぽど物好きなかた以外は、目をつぶってお読みください。

一九九三年、じつはこの創元推理文庫で、ロス・マクドナルド風ハードボイルドを一冊訳すことになっていました。で、それに取りかかろうとしたとき、当時の担当編集者・松浦正人氏が、「こちらのほうが毛色が変わっていて、おもしろいと思います」と差し出してくれたのが、"*A Cool Breeze on the Underground*"という本、つまり『ストリート・キッズ』の原書だったのです。

ひゃあ、こんな小説、読んだことない、と思いました。ということはもちろん、訳したこともないわけで、胸躍りましたね。胸は躍ったけど、筆はあまり躍らなくて、というか、頭の中でああでもないこうでもないと日本語をいじくり回す作業が楽しすぎて、三か月で訳し終える予定が半年がかり。

今にして思えばわずかな遅れですが(↑って、この姿勢がそもそもいけない)、小さな借金を方々で作り始めると、利息が利息を生んで、そのうち幾何級数的に負債が膨らんでいくのは世の習い。折しも翻訳ミステリ黄金時代の末期で、常に複数の版元からの依頼をかかえ、そのそれぞれが少しずつ(↑謙遜)遅れて、あれよあれよという間に不渡り原稿の山ですわ。

ええと、中略(↑勝手にはしょるな!)。

てなわけで、シリーズ二作め『仏陀の鏡への道』が世に出たのが、一九九七年三月。三年と四か月もあとのことでした。さすがのわたしも腹に据えかね（←立場が違うだろ！）、特別に一ページいただいて、〝訳者お詫び〟などというものを書きました。この時点で、原書のほうはとっくに、五作めが出て、シリーズは完結していたんですよね、しくしく。

それればかりか、作者のウィンズロウは大枚のアドヴァンスを積まれて、大手出版社に移籍し、そこで九七年に新作を発表。そして、その翻訳権を、日本でも別の出版社が取っちゃいました。さあ、困った。わたし、その新作も訳さなくちゃいけなくなったんです。

かくして、忘れようとしても思い出せない一九九八年暮れから九九年春にかけて、連続二冊、ハーフタイムもなしでウィンズロウの作品を訳し、九九年五月にノンシリーズの『ボビーZの気怠く優雅な人生』が、六月にこちらのシリーズ第三作『高く孤独な道を行け』が出版されました。二作めから三作めまでの間隔は、二年と三か月。おお、わずかにスピードアップの形跡が認められないこともない（ような気がしないでもない）。このままぐんぐん加速して、四作め、五作めを駆け抜けるぞっ！

と力強く宣言した舌の根があっさりと乾き、さらには干からび、ニール・ケアリー・シリーズはなんと長い冬眠に入ってしまいます。翻訳ミステリ全体が冬の時代を迎えちゃったんですよ。部数の下落が止まらない。一冊訳して、印税がたった九円ということもありました。あ、うそ、うそ、これは〝九円＝くえん＝食えん〟という駄洒落です（←笑えん）。とにかく、ミステリだけじゃ食えなくなってしまった。

そこで、わたし、少しは売れそうなノンフィクション、ビジネス書方面へ出稼ぎに行くことにしました。せっせと日銭を稼いで、ある程度貯まると本業に戻ってくる生活。それまで年に五、六冊訳していたミステリを、毎年一冊仕上げるのが精いっぱいでした。二〇〇一年には、よその版元からウィンズロウの新作『カリフォルニアの炎』を出しました。なにゆえニール・ケアリー・シリーズではなく、新作のほうを先に訳したかというと、そりゃちょっと大きな声では言えません。「μ＊…†％b！△…†x∴××oμ＊?…ξ＊©¿××¢％§o※çюя△％……」

ようやくシリーズ第四作『ウォータースライドをのぼれ』が世に出たのは、二〇〇五年七月。前作から六年と一か月が経過していました。なんとまあ、息の長いシリーズでしょう（↑意味がちゃうわい！）。〝待望久しい〟を通り越して、みんなもう、永久に出ないものと決め込んでいたようですね。ははは、なめちゃいかんぜよ（↑なめてたのは、おまえだろ！）。

さあ、ここまで読めば（↑って、誰か読んでるのか?）、この五作めが前作からほぼ一年後に出たことのすごさがわかっていただけると思います。快挙です。壮挙です。暴挙です。おそらく、このことでいちばん焦っているのは、同じ創元推理文庫の、しかも作家番号がごく近いフロスト・シリーズの訳者でしょう。くじけず頑張ってくださいね。

『プレシャス』訳者あとがき

本書が、一九九八年に河出書房新社から刊行された単行本『プッシュ』を改題・文庫化したものである。単行本は、Knopf社から一九九六年に出版された*Push*を底本としたが、文庫化にあたってはVintage Books版（一九九七）も参照した。改題に至る、やや込み入ったその経緯を記しておこう。

新しいタイトル『プレシャス』は、MTV出身の新進黒人監督リー・ダニエルズが『プッシュ』をもとに作った低予算インディペンデント映画のタイトルだ。この映画、プレミア上映時には『プッシュ』というタイトルだったが、同じ時期に『PUSH　光と闇の能力者』というまったく別の映画が公開されたので、混同を避けるため『プレシャス』と改題され、〝サファイア作の小説『プッシュ』にもとづく〟というサブタイトルが付けられた。

全米わずか十八館というごく小さな規模で、二〇〇九年に公開されたこの映画は、前評判の高さから、いきなり破格の動員数を記録し、短期間のうちに上映館数も六百を超えて、なんと六部門で第八十二回アカデミー賞にノミネートされ、脚色賞および、母親を演じたモニークが助演女優賞を受賞するまでに至った。

単行本刊行の時点では、サファイアは映画化の打診をすべて断っていて、訳者あとがきにもそう書いたのだが、十年以上の年月を経て、映画化が実現し、原作もふたたび脚光を浴びる状況になったのは、この作品の持つ強靭な感化力の証しだろう。

完成した映画に対して、サファイアは惜しみない賛辞を呈しながら、「映画化によって必ず失われるものがある」と述べている。この作品の場合、原作はプレシャスが読み書きを覚え、自我を獲得する過程を焦点としているが、それを映像で描くと退屈なものになってしまうだろう、と。逆に言えば、その部分こそが原作の読みどころということになりそうだ。

さて、元々のタイトル『プッシュ』だが、原文では、三か所で"push"という動詞が効果的に使われている。

ひとつめは、プレシャスが第一子を産み落とす間際、自宅で産気づいたときに、駆けつけてきた救急隊員の言葉。

(……)すると、そのひとはゆう。「プレシャス、もう少しだ。いきむんだよ。きこえてるか?　こんど痛みがきたら、それに合わせていきむんだ、プレシャシータ、いきめ」

そして、あたしはいきんだ。

ふたつめは、初めてテレサホテルに入って、エレベーターで十九階にのぼるとき。

（……）ボタン押すんだよ、ばーか、って自分で自分にゆう。あたし、ボタンを押した。ばかじゃないからね、って自分にゆいかえす。

そして、三つめは、プレシャスが精神的に落ち込んで、文集に載せる文が書けないとすねたときに、叱咤し、励ますミズ・レインの言葉。

（……）ミズ・レイン、「それはわかるけど、ここで立ち止まるわけにはいかないのよ、プレシャス、ふんばりなさい」って言う。そいで、あたし、ふんばった。

この「いきむ」「押す」「ふんばる」にあたる単語が〝push〟だ。人生の三つの節目で、プレシャスは逆境に対して身を引かず、押し返した。そして、そのプレシャスの背中をプッシュしてくれる人がいた。

そういう自立と共生の物語。なのに、感動的な訓話の枠に収まらない桁外れのパワーを備えている。言葉のパワー、詩のパワー、フィクションのパワー。

作者のサファイアは、詩人で、黒人で、レズビアン。そう、その人物像はミズ・レインというキャラクターの中に投影されているようだ。実際、ハーレムで代替学校の教員を務めた経験もあって、そこには大勢のプレシャスたちがいたという。

ちなみに、本文中、プレシャスが第百四十六中学にいたころ、英語でAの成績を取っていたという記述があるが、これは公立学校で慣例化している「社会的昇級」という措置で、低学年のクラスに年長の生徒が混じらないよう、たとえアルファベットが読めなくても、強制的に（つまり締め出す形で）進級させてしまうのだそうだ。

プレシャスがほんとうに読み書きを習得するためには、退学させられる必要があったということになる。結果的によかったね、というようなお気楽な話ではない。ぬるま湯の中にいる者には想像も及ばない過酷な現実があり、それを乗り越える屈強な意志の力がある。

プレシャスという名前は、「いとしい子」「貴い宝物」という意味を持つ。それが辛辣な皮肉にしか響かないような境遇から、プレシャスは言葉の力で這い上がり、自分で自分を宝物にした。師と仲間という宝物を得た。

貴い物語。ＰＲＥＣＩＯＵＳ！

待て馬鹿色の
日和あり

歴史を改竄！

去年、休みなしで働きながら、訳書が二冊しか出なかったA氏が、今年出版されるある訳書で、歴史を改竄していたことが、このたび明るみに出た。

問題の本は、S潮文庫の『グリッドアイアン』(仮題)。一九九五年に書かれたこの本は、一九九七年のロサンゼルスを舞台にした近未来サスペンス。

ところが、九七年中に、刊行どころか訳了も果たせず、近未来は近過去となったのだ。

前作『殺人探究』でも翻訳遅延の害にあった作者P・カー氏は、現在執筆中の新作を、二〇六九年の設定にしたという。

新年の一押し

本年のおそらく初荷となる訳書が、K出S房S社から刊行されるサファイア『プッシュ』。

文盲の黒人少女が、字を覚え、文を書くことで、自我に目覚めていくという、感動のフィクション。

プッシュ、プッシュのお薦め本だ。

隠し玉情報

二年連続の隠し玉となったH書房のロバート・キャンベルは、どうやら、三年連続をまぬがれた模様です(未確定情報)。

同じく二年連続のRチャード・Nース・Pタースン(S潮社)は、無事、三年連続となりそう。

至福の年ぢゃった

一九九八年は、A氏にとって実りの多い年だったようだ。

まず、前年からの過重労働の甲斐あって、訳書が八冊（共訳も含む）も刊行され、ついに懲役を解かれた。

四月にはアスレチック・クラブに入会し（二年ぶり）、六月にはテレビを買い（十四年ぶり）、八月には夏休みを取り（五年ぶり）、そして、十月には横浜ベイスターズ優勝の感激を味わった（三十八年ぶり）。

A氏談：いやあ、これ以上を望んだら、罰が当たります。一九九九年は、訳書が十冊ぐらい出て、うち七冊ほどがベストセラーになって、ベイスターズが連続優勝して、三か月ほど休みが取れれば、もうな～んにも言いません。ほんと。

在庫一掃セール

「つぐない」じゃないし「とまどい」でもないし「まかない」でもないし、ひょっとして「うれない」と読むんじゃなかろうかとタイトルが話題になったロバート・キャンベル『贖い』（原書房）。

うっそだろう、こんな作家がピューリッツァー賞を取ったなんて、と賞の権威まで疑わせた『デイヴ・バリーの笑えるコンピュータ』（草思社）。

せっかく著者が来日したっちゅうのに、英会話苦手の訳者が逃げ回って、対面を果たせず、すっかりミソをつけてしまったモンティ・ロバーツ『馬と話す男』（徳間書店）。

どうやらA氏の単独訳では売れないらしいことが判明したフィリップ・カー『殺人摩天楼』（新潮文庫）。

隠れっぱなしの隠し玉

リチャード・ノース・パタースンの『罪の段階』の続編が行方不明になり、安否が気づかわれている。

『罪の段階』は一九九五年に刊行され、「本の雑誌」年間ベストワンに選ばれるなど、日本列島のごく一部で好評を博した。その時点では、続編が翌年出ると噂されていたが、九六年も九七年も出た気配はない。

九八年には『罪の段階』が文庫化されて、常識的には、同時刊行となるところだが、いたずらに時は過ぎ、九九年になっても続編の行方は杳《よう》として知れない。

極秘で出版されたのではないかという観測も流れているが、訳者に近い筋によると、刊行前に絶版になった可能性も高いという。

初荷情報

ドリス・グランバック『静けさと沈黙のなかで』（角川書店）は、翻訳に五年を要した超大作。って、単に遅れただけですが……。ひっそりと、しんみりと読んでいただきたい本。

トーマス・フリードマン『レクサスとオリーブの木』（草思社）は、グローバル化の解説書。二十一世紀を勝ち抜きたい人には必読（かなあ?）。

恥ずかしサイト

文芸翻訳フォーラムのサイトにオープンする「翻訳出版データベース」に〝出演〟しています。恥ずかしいから、目をつぶってアクセスしてみてください。http://www.cavapoco.com/trs-data/db/index.htmlです。

五十にして果つ？

二〇〇一年、感慨も自覚も抱負もないままに生誕半世紀の節目を迎えたA氏は、年間の訳書刊行二冊と、一九九一年以来の低水準を記録した。

創元推理文庫のニール・ケアリー・シリーズは、三作目の刊行から早くも二年五か月が経過し、新潮社のR・N・パタースンも一年以上途絶えている。

突然転がり込んできた居候氏（下欄参照）が稼ぎのほとんどを上納してくれるおかげで、最近のA氏はひたすら競馬に熱を入れ、馬齢を重ねる自適の日々。

家族からも「このまま一生休んでれば？」と、温かいねぎらいの言葉がかけられているという。

三冊目にはそっと出し

A家の居候・N井K一氏が多忙をきわめている。元はといえば、かつて多忙だったA氏の代役でビジネス書を訳し始めたのだが、A氏とは対照的に、えり好みをせず締切をきちんと守るその仕事ぶりが認められ、実働一年余にして、すでに五冊を上梓した。

加齢と共に妬《ねた》み深くなっているA氏との関係悪化が懸念される。

四歳の初春

去年年頭のシンザン記念で三万馬券をプレゼントしてくれたダービーレグノとビッグゴールドが、東西の金杯に登録している。この二頭を深追いしたのが去年後半の不振の一因とも思われるだけに、取捨に悩むところ。

抵抗勢力の遠吠え

二〇〇二年、A家で生産されて世に出た翻訳書は十四冊だった。内訳は、N井氏十冊、A氏二冊、謎の新人一冊、詠み人知らず一冊。

N井氏は連闘に次ぐ連闘で、昨シーズンから使い詰め。なのに馬体は余裕残しで成長途上の観があり、まだまだ上積みが見込めそう。

A氏のほうは、馬齢を重ねてズブくなっており、そのうえ追い込み一辺倒の脚質。周回遅れになってようやく末脚を炸裂させるというぶざまなレースが続いている。

新しい仕事の依頼も、圧倒的にN井氏に偏り、A氏の出番は減っていく一方。本人は「私には今でもファンが多い」とうそぶいているが、これは、「不安が多い」という編集者の言葉を聞き違えたものらしい。

今年は、リストランスレーションの嵐が吹き荒れそう。

猫の手、四本確保

去年六月、A家にはアスラン（白黒）バロン（茶虎）という二匹の猫が入厩した。どちらも、当歳の駒猫。

N井氏が超多忙時の助っ人に当て込んだと言われているが、すでに、アスランはパソコンのキーボードを無作為にたたき、バロンは留守電のスイッチを勝手に押すという大技をマスターした。

今後の課題は、両者とも、それぞれのテクニックの精度を高めることだろう。

新春のお奨め

謎の新人が訳した『マハーバーラタ戦記』（PHP研究所）は、一家に一冊の〝置き薬〟本。史上最長の叙事詩が、三時間（当社比）で読めるぞっ！

よっぽどお暇なかたは、現在発売中の「通訳翻訳ジャーナル」二月号と、今月上旬に発売予定の「本の雑誌」二月号にお目通しください。

熾烈――居候選手権

二〇〇三年十二月初旬、『ジェニファー・ガバメント』なる小説で、A家の居候がまたひとり、翻訳者としてデビューした。

このT山氏、次作は南極を舞台にした超絶ドンパチ小説で、初代居候N井氏を追い落とす規模の大ブレイクを狙っているらしい。

迎え撃つN井氏も、春の大攻勢に向けて、すでに五冊を入稿。本命の座を明け渡す気はないようだ。

二頭の壮絶なマッチレースか、と思いきや、ここへ、一昨年デビューの三歳牝馬N畑嬢が割って入る。

「今年は詩集で勝負でえっす！」と四月、五月に、一挙四冊刊行予定。

いずれにしても、長期休養明けの家主A氏は、出走にこぎ着けるのが精いっぱいで、三連複は居候三頭の組み合わせ一点で盤石だろう。

A氏・年頭インタビュー

「二〇〇四年は、復活の年だよ」

「去年もそう言って、訳書が一冊も出なかったじゃないですか」

「ははは、勢い余って、デビュー前の状態に復活しちまった」

「今年はちゃんと出るんですか？」

「まず、リチャード・ノース・パタースンの『ダーク・レディ』」

「二〇〇三年春刊行という予告を、おととし見たような気がしますが」

「それを言うなら、ニール・ケアリー・シリーズの四作目だって、二〇〇〇年に出る予定だった」

「あ、そっちはどうなってるんです？」

「もう少し熟成させて……」

「ウィスキーじゃないんですから」

「ピーター・マシーセン短編集なんて、もう十二年物だぞ」

「寝かせてどうするんです！」

「寝かせ足枷《あしかせ》ってやつだ（意味不明）」

五年連続ならず

Radio Rimland Onlineで二〇〇一年から四年連続「ザ・ベリーベストオブ今年出なかった本」に選出されているニール・ケアリー・シリーズ第四作は、記録更新を断念し、〇五年中の刊行をめざすことになった。

数年後にFA権を取得して〝幻の本〟リーグ入りするのではないかと噂されていただけに、周囲は驚きの色を隠せない。

三作目から六年近く間隔が空いた理由について、訳者のA氏は「息の長いシリーズにしたかった」と語っているが、故意に言葉の意味を取り違えているとの指摘もある。

また、A氏が一九九〇年に着手したピーター・マシーセン短編集も、ついに訳了間近となり、ミレニアムをまたいだ二千年に一度の大事業がいよいよ日の目を見る（かなあ）。

居候、もうひとりいた？

二〇〇四年、その分厚さだけで話題を呼んだN井氏の訳書『マイライフ』の陰で、ひっそりと一冊の本が刊行された。

『クリントンとモニカ』——臆面もない便乗出版だが、内容とは別に、訳者K井女史を巡る「不適切な関係」が業界内で取り沙汰されている。

実はこの本、五年前に出た『モニカの真実』の再刊であり、当時、K井女史はA家に寄宿していた。だとすると、初代居候を自任するN井氏の前に「ゼロ代」がいたわけで、A家の居候戦線はさらに混迷の度を深めることになる。

〇四年の訳書刊行数は、再刊・文庫化を含め、N井氏七点九冊、T山氏一点三冊、N畑嬢四点四冊、K井女史一点一冊という成績。みずからも二点四冊を上梓した家主のA氏は、「五人がかりでこんなに働いて、なぜ生活が楽にならないのか？」と首をかしげている。

戌年は「犬の力」で

二〇〇五年も新刊訳書一冊きりに終わってしまったA氏、廃業の危機もささやかれるが、「この実績じゃ種牡馬にもなれないし」と半ばやけ気味に現役続行宣言。翻訳出版界のハートランドヒリュをめざす構え。

そのA氏が戌年に勝負をかけるのが、ドン・ウィンズロウの新作『犬の力』だ。DEA（麻薬取締局）とメキシコ麻薬組織の三十年にわたる戦いを描いた五百五十ページの大作。

しかし、待て。A氏訳のウィンズロウといえば、ニール・ケアリー・シリーズ四作目の訳出には、六年の歳月を要したのではなかったか。

問われてA氏は「健康に留意して長生きすれば、あと四、五回は戌年が巡ってくるでしょう」と、不敵な笑みを浮かべ、自信の根拠を語る。

——待て馬鹿色の日和あり。

大丈夫か、地球？——それより家計は？

A家の居候兼稼ぎ手・N井氏が昨年末上梓したジャレド・ダイアモンド『文明崩壊』（草思社）。生活レベルが上がればひとり当たり環境侵害量も増える、と説く。「はっと気づきましたね。家主のAさんは、つまり環境に優しい翻訳家なんです。意図的にかどうかはともかく」と、N井氏は慨嘆交じりの賛辞を送る。

求む・版元

去年夏、ユニカレッジ本科有志の主催で「夏のマシーセン祭り」が挙行され、その後押しを受けて、A氏はピーター・マシーセン短編集所収の作品を全部訳了した。実に十五年がかりの大仕事。

ばか売れする心配のない省資源本ですよ〜。環境に優しい版元を募集中！*

＊『黄泉の河にて』の邦題で、この年賀状から八年後の二〇一四年、環境に優しい版元によって刊行された。確かにばか売れはしなかった。

亥年のちから関係

戌年に出るとうわさされていたウィンズロウ『犬の力』は、訳者の力が足りず、ついに、というかやはり、刊行を果たせなかった。善後策として、題を『猪の力』と改め、一年遅れの刊行をめざす案が出ているが、それもかなわない場合、『鼠の力』ではあまりにも力不足なので、再来年の寅年まで延びる可能性もある。

このA氏の不始末の尻ぬぐいをさせられたのが、いつものとおりN井氏で、年末に間に合わせて、クリス・ガードナー『幸せのちから』（アスペクト）を上梓した。

周囲からは、「ちからが違う」という声もあがっており、A氏の奮起が待たれるところ。

自分の力で食っていくというのが、今年のA氏最大の課題だ。

横着の告知（お詫び）

昨年秋、A氏のパソコンが仕事中に突然クラッシュ。ハードディスクが自爆テロを敢行した模様で、修復も再生もデータ救済もならず、四年分の住所録、メールログが失われてしまった。

しかもですね、A氏は四月にプロバイダを替え、従ってメールアドレスも替わったのに、公式の転居通知を出していない。

つまり、サイバースペースの世捨て人、ヴァーチャル失踪状態にあったわけです。

さあて、そこで、災い転じて蕗と茄子、というか、転んでも自力では起きないのがA氏のA氏たる所以《ゆえん》。こつこつとデータを拾い集めて住所録を再構築するかわりに、今年もらった年賀状で新たに住所録を立ち上げることにした。

というわけで、今年出す年賀状はすべて返信です。横着をお許しください。新しいメルアドはです。メールください。平身低頭。

厄寄せ・厄払いの夏

二〇〇七年七月二十日、生まれて初めて受けた内視鏡検査で、A氏は食道癌《がん》の宣告を受けた。外科手術が妥当とのことで、即刻入院の手配。

その渦中の二十九日、長男N人氏がサッカーの練習中に熱中症で倒れ救急病院へ——。痙攣が治まらず、そのまま二週間の入院。

というわけで、A家にどっと厄が押し寄せた七月だったが、約一週間の同時入院を経たのち、八月十二日N人氏が退院。A氏も十五日に手術を受けて、二十八日に退院し、八月のうちに厄を払い終えた。

不可解なのは、本来留守宅を守るべきはずの居候頭N井氏の行動だ。手術前日まで、A氏の病室で仕事をする姿が目撃されている。手術後も泊まり込み、五日目から働いていた模様で、負担増の恨みをA氏に当てつける意図があったと見られる。

今年こそは訳進を!

去年もまた、ポール・ギャリコの短い冒険小説一冊きりで終わってしまったA氏。思いもかけないひと夏の休養を福に転じて、巻き返しが期待されるところ。三年連続の隠し玉となったウィンズロウ『犬の力』のあとには、胸躍る数学小説『確固たる曖昧さ』、十二年越しになるポール・オースター『スクイズプレイ』が控えている。問題は、N井氏と同時には働けないという体質上の弱点だろう。

誓いのフーガとか

ティンカーベルズ・フェアリーダストが「二〇一〇年は四十と三年も先のことだよ」と歌った一九六八年、メキシコ・オリンピックでボブ・ビーモンが不滅の八メートル九十を跳んだ。

四十と三年は、割と簡単に、たいした感慨もなく過ぎ去ってしまい、ビーモンの大記録も不滅ではなく、十九年も前に破られてしまった。

過ぎ去った年月は、しかし、失われたわけではない。衰えの漸近線《ぜんきんせん》へと向かうなだらかな右肩下がりの軌跡として、身に深く刻み込まれている。破られた記録も、忘れられたわけではない。止まった時間への憧憬の確かな着火装置として、血に潜み、見出される時を待っている。

なーんちゃって、いえ、プルーストを六巻まで読んじゃったもんですからね。

暴虎馮河《ぼうこひょうが》、今年も駆け抜けます。

卯、跳ねる

株式投資の世界には、「寅千里を走り、卯跳ねる」という格言があって、卯年は日経平均株価の平均上昇率が群を抜いて高いらしい。

卯年生れの元ブロードジャンパーA氏は、今年、株式市場以外の場所でちょいと跳ねたいと願っている。年頭のプチ目標は、翻訳ミステリー大賞の二次投票者となること。で、手始めに『卯をめぐる祖母の戦争』を読み始め……えっ、違う？

卵？　祖父？　あらら、「卵」の点二個がこぼれ落ちて「母」になっちまったらしい。〈なか卯〉の「こだわり卵の親子丼」と同じ仕組みだ（嘘）。

とにかくまあ、今年のA氏は飛訳を胸に誓っているようです。いや、訳しにくい箇所を飛ばして訳す、という意味ではなくて……。

去る者は日々に卯年

去る者は日々に卯年、というわけで、働けど働けど訳書が出なかった卯年のことは忘れ、ついでに五十代の十一年目に突入したことも忘れ、辰年もまた、元旦からみっちり働くA氏、夏には（たぶん）五年生存の節目を迎える。

今年の初荷は、マイケル・ルイス『ブーメラン』（文藝春秋）、二月には、ドン・ウィンズロウ『野蛮なやつら（仮）』（角川文庫）と、長い付き合いの作家が先陣を切り、渾身の数学小説『確固たる曖昧さ（仮）』（草思社）が続く。目下仕込み中の隠し玉がほかに三冊。

昨年末にランニング本『なぜ人は走るのか』（筑摩書房）を上梓した同い年の居候・N井氏は、無謀にも大部の情報理論に挑戦中。大学時代たっぷり休ませた白紙状態の脳みそに、数学、論理学、熱力学の知識をせっせと書き込んでいる。

再生元年

昨年は年賀を欠礼したので復帰のごあいさつがわりに、まずは二年分の病勢報告を。

二〇一二年三月、手術後四年半の検査で後縦隔に再発が見つかり、入院して、放射線化学療法を受けました。

九月に肝転移が見つかり、化学療法ののち、二〇一三年一月、定位放射線療法。

四月、多臓器多発転移で、とりあえず放置療法を選択。

戦略を練り直して、八月、ラジオ波で肝臓の腫瘍八個を焼灼。十月、低用量（半量）化学療法により腫瘍縮小。

とまあ、癌治療のグランドスラムを成し遂げて、現在は経過観察中です。

癌の症状はいまだ発現せず、逆に癌の力で他の疾病や健康不安や老化から守られているような按配で、どうやら共存のステージに移行した模様。

並行して、水泳と筋トレに励み、漢方の助けもあって、心身とも疲れ知らずの状態。免疫力がフル稼動していて、身体能力は後半生でも最高のレベルにあります。

仕事も休まず楽しくやっています。いや、仕事が最大の免疫力かもしれません。

で、ズブンの体感としては快復とか延命とかではなく、全細胞がジェジジェの再生途上にあるのではないか、という気がしてなりません。

今年は、いじけます。

じゃない、弾けます。

変な表記、じゃない、編者後記

軽妙洒脱。

そんなことばがよく似合う。

ミステリーからノンフィクションまで、幅広いジャンルにわたって二百冊以上の訳書を世に送り出した名翻訳者・東江一紀は、出版翻訳界のトップランナーとして走りつづけた三十年余りのあいだに、多忙をきわめた翻訳作業の合間を縫って、数えきれないほどの達意のエッセイや雑文を書いている。

二〇一四年の他界後、それらのエッセイを一冊にまとめられないかという話が、遺作『黄泉の河にて』『ストーナー』の版元である作品社から持ちあがり、公私ともに長くお世話になったわたしが編者をつとめさせていただいて、無事刊行に至った。

機会を与えてくださった作品社のかたがたと、編纂にあたってさまざまな形で協力を賜った東江門下のみなさん、原稿の掘り起こしを手伝ってくださったみなさんに、まずはお礼を申しあげる。

東江一紀という人物の存在をはじめて知ったのは、一九九〇年代の半ば、翻訳学校にかよいだしたところだ。授業後の飲み会で、どういういきさつだったか忘れたが、生徒のだれかが、好きな翻訳者の例として「ひがしえいっき」だか「ひがりえかずのり」だかと言ったのを、わが師・田村義進が「あがりえかずきだよ」と訂正したのを聞いたのが最初だったと思う。当時のわたしは、まだ訳者の名前を意識して翻訳書を読むようになって日が浅かったこともあり、のちに「裏師匠」として仰ぐことになる人の名を知らなかった。その飲み会で、田村師はひとつ年下の東江一紀の翻訳の巧みさを絶賛した。恐ろしく多忙なのに、忙しいやつにかぎってたくさん本を読んでいる好例だから、手本にするといいとも言った。沖縄出身の人で、沖縄では太陽の出入りの方角にちなんで「西」を「イリ」(「西表」など)、「東」を「アガリ」と読むことも、そのとき教わった。

その後すぐ、ドン・ウィンズロウの『ストリート・キッズ』を読んだ。見たこともない翻訳だった。背筋がぞくぞくし、肌が粟立った。明晰で、心地よいリズムがあり、ことばに香気が満ちている。主人公ニール・ケアリーの台詞《せりふ》は、まるで本人がそこにいるかのように語られている。これこそ、自分がめざす翻訳だと思った。それから、東江一紀訳のミステリーをつぎつぎ読んだ。リチャード・ノース・パタースン、ミッチェル・スミス、ティム・ウィロックス、ロバート・キャンベル。作家の個性に合わせて文体はさまざまだが、どの訳書にも力強さとしなやかさ、それに「東江節」としか言いようのない豊饒なことばが満ちていた。

同時期に「EQ」に連載されていたコラム「ほのぼの・しみじみ・うふふ通信」(本書の「執筆は父としてはかどらず」)も、つぎの回を読むのが待ち遠しかった。その飄々《ひょうひょう》とした語りは、訳文のトーンとはいささか異なったが、「自虐」ということばが笑いのキーワードとしてまだ一般的ではなかったその当時、なんとも形容しがたい、なんだか憎めない、妙に癒やされるものだった。著者と自分に意外なほど共通点が多いのも、不思議な親近感を覚えてうれしかった。怪我や大病を機に文芸翻訳の道をめざした（というより、そうせざるをえなかった）ところも、こんな仕事をしているのに英語を話すのがひどく苦手であるところも、恐ろしく不器用な人間にちがいないところもだ。よりによって、大学で三年留年したことまで同じだった。

一九九八年のいつだったか、初の長編訳書が近々出ることになっていたわたしは、紹介してくれる人があって、パソコン通信のニフティサーブで東江さんが主催するパティオ（会員限定のコミュニティ。本書で「翻訳者プリズン・クラブ」「翻訳囚人同盟」などと呼ばれるものがその一例）に入れてもらった。わたしがはいったのはその「翻訳囚人同盟」とは別のパティオで、東江さんの門下生を中心に、ほかにも新人や若手など、合わせて数十人が集う場だった（互いに本名は知っていたが、発言にはハンドルネームを用い、東江さんのハンドルネームは「庭主」だった）。折々の話題を語り合ったり、訳出上の疑問点をいっしょに解決したり、馬鹿話に興じたりして、一日じゅうパソコンに向き合う者たちが学びつつ憩うバーチャル空間である。まだGoogleの検索エンジンが存在せず、Yahoo!を「ヤッホー」と読む人にさえ出くわした時代のことだから、インターネット検索の精度はいまより格段に低く、パティオでの質問と回答は参加者にとって貴重な共有財産だった。東江さんはまとめ役として、ときに本書で見られるような軽口を叩きつつ、ときに該博な知識に基づいた助言を惜しみなく授けつつ、楽しげに書きこんでいらっしゃった。

数か月後にパティオのオフ会（宴会）があり、はじめて東江さんにお目にかかることになった。

やや緊張しながらこちらから挨拶に出向いたところ、わたしのほうを見ながら「どわっ。来ました！」とおっしゃったので、それほどまでに対面を待ち焦がれてくださったのかと思ったら、よく見るとヘッドホンが両耳にあり、ラジオで競馬中継を聴いていらっしゃった。

そんなふうに顔を合わせたご本人は、お書きになる文章のよどみなさとは裏腹に、ひとつひとつのことばをていねいに選び、ゆっくりと噛みしめるように、大切なことは二度繰り返して話す人だった（大切かどうかは定かでないが、初対面から三分後に聞いた「立て板に蚯蚓《みみず》」は、まちがいなく三度繰り返した）。ちょっと照れたような顔で、ずいぶん間合いをとって話すことも多かったが、それをぎこちなく感じさせない人懐っこさがあった。のちに電話で話したとき、一時間のうち声を発していたのがふたり合わせて三分程度だったこともあるが、それでも退屈も緊張も生じさせない、不思議な安心感を与えてくれる人だった。

一方、パティオではエッセイそのままの、つねに軽やかでウィットに富んだ書きこみをなさり（本書では一度もないが、東江さんが最もよく使った一人称は「あっし」だった）、門下生に対しても、わたしのような外様の若手に対しても、まったく同じ包容力を持って悠然と接してくれた。面倒見のよさは格別で、門下生以外にまで仕事を紹介してくれたこともある。「執筆は父としてはかどらず」では、パソコン音痴であることで何度も笑いをとっているが、わたしが知り合ったころには、すでにパソコンに精通していらっしゃり、電子辞書や串刺し検索などの知識に乏しかったわたしが恥ずかしいほど初歩的な質問をしたときには、翌日に詳細な手書きメモ（驚くほどきれいな字だった）のついた手製ＣＤが郵送されてきた。最初の長編訳書をこちらから送ったときは、大きな仕事をかかえておそらく息つく間もない時期だったのに、週に一度の「仮釈放日」に翻訳学校との往復の電車のなかで二か月かけて読みきり、感想を知らせてくださった。

パティオには物書きの卵やひよこが多く集まっていて、ちょっと気の利いたやりとりが求められたので、そこでは駄洒落《だじゃれ》や地口がしじゅう飛び交い、集まる参加者のことばのセンスがいつの間にか磨かれていった。わたしはときに悪乗りし、当時のクリントン大統領が「不適切な関係」にあった実習生モニカ・ルインスキーの暴露本『モニカの真実』を東江さんと門下生たちが訳したときなどは、「モニカ・フリンスキー」「モニカ・フルチンスキー」などと書きこんで、ふざけまくった記憶がある（わたしのハンドルネームは「中年H」だった）。そんなことまでも許される自由な空間だった。

ことば遊びと言えば、その最たるものが、本書の「お便りだけが頼りです」でも紹介されている罵倒語集だ。これはわたしが知り合うより前に蒐集《しゅうしゅう》されたものだが、後日その実物を見せてもらったところ、いやはや、よくもこんなに（質も量も）集めたなと驚嘆したものだ。あまりに強烈で、とても公開はできないが、どの程度のものだったかを知ってもらうために、個人的に特に気に入った罵倒語一ダースを紹介しよう。実際にはこの五十倍以上あった。

産業廃棄物
屁のあぶく
トマトのへた

コンマ以下
便所下駄
歩く暗黒星雲
ネアンデルタール人
豚の金玉
煤《すす》だらけの煙突野郎
しわん中に顔が同居
漬物石にゃあ重宝
春夏秋冬発情しっぱなし

この罵倒語集の蒐集にかかわった門下生のうちふたり（いずれも女性）は、最近、このように述懐している。

「どこまでがＯＫでどこからがＮＧなのか、境界線を見きわめるワークショップの意味合いもあったと思います。いっぺんレッドゾーンに振り切ったうえで、商品化する際のバランスのとりかたを教えてくれた先生は、やはり優れた教育者だったのだな、と、しみじみ感謝です」
「思いっきりやることを東江先生が奨励なさったのは、わたしたちにいったん枷《かせ》を外せという教えだったのかもしれません。師匠はいつもぎりぎりのところに球を投げ込まれていました」

そう、東江さんはいつも真剣勝負、全力投球の人だった。翻訳も、エッセイも、競馬も、パチンコも、駄洒落も、何もかも。けっして器用な人ではなかったが、たぐいまれなほど研究熱心で、その成果を丹念に集めて整理し、のちの仕事に生かしていった。涼しい顔でふと思いついたかのような数々の名訳は——「決まり金玉」(fuck yes『仏陀の鏡への道』)も、「あんた、男ぶりが三枚ほど落ちたな」(You look like shit.『犬の力』)も、「神経を魚で擦るような声で」(in a very sarcastic fish voice『デイヴ・バリーの笑えるコンピュータ』)も——実はかなりの苦闘と呻吟《しんぎん》のすえに生み出されたものではないか、いつか訪れる機会のためにずっとストックしておいたものではないかとわたしは推測している。

「執筆は父としてはかどらず」の章にもあるとおり、人のよさゆえに大量の仕事を引き受けて、山ほどかかえこんだが、訳文の質の高さを追求するあまり、量産態勢にはなかなかはいれなかった(あるトークイベントで、やけくそで「締め切りに間に合うような雑な仕事はしたくない!」と叫んで、場内の爆笑を誘ったこともある。よい子のみなさんはけっして真似をしてはいけません)。訳書のタイトルが決まって広告が出はじめ、書店の注文もたくさん来ているのに、なかなか訳了せず、週に数章ずつの訳稿を出版社へ小刻みに送りつづけたすえ、刊行予定日の一か月前を少し過ぎてようやく仕上がったこともある(フィクションの場合、通常は入稿から刊行まで最低三か月程度かかる)。それでも無事に刊行できたのは、訳稿のクオリティがきわめて高く、誤字、脱字、ことばの誤用のたぐいが皆無で、チェックの必要がほとんどなかったからだ。のちに担当編集者は、そのときの体験を「何十年もの編集者人生で最高にシビレてチビリそうになった綱渡りの仕事」だったと評している。やはり、よい子のみなさんはけっして真似をしてはいけません。

　東江一紀の翻訳のすごさは、日本語としてのわかりやすさ、力強さ、美しさを徹底的に追い求めながらも、原語で語られていることの奥深くまでを正確に反映させる手腕の巧みさに尽きる。しっかり読みとれれば、おのずと的確な日本語が湧いてくる、などと言われることもあるが、現実にはそう簡単にはいかない。わたしの世代の翻訳者には、修業中や駆け出し時代に東江さんの訳文を原文と突き合わせて研究した者が少なくないが、だれもがみな「創作かと思うほど生き生きした訳文なのに、原文からまったく離れていない」と驚き入ったものだ。たとえて言えば、さりげなく森全体を描いているのに、一本一本の木の枝葉まで目に浮かぶ絵画のような訳文だった。

　では、そのような高度な文章技巧を生み出したものはなんだったのか。陸上競技の練習に明け暮れながらも、合間を縫って古今東西の文学、とりわけヌーヴォー・ロマンの作家や大江健三郎などを好んで読んだ若き日。足の怪我で陸上の道をあきらめ、翻訳の道へ進む腹を決めたあと、何人もの先達の著訳書から学んだ日々（模倣したものもあれば、反面教師としたものもあったという）。そして、第一線で活躍する翻訳者となってからも、旺盛な知識欲から、先の罵倒語集だけでなく、さまざまな研究・蒐集を重ねて、だれよりも自己研鑽につとめていたこと。ただ、そういった積み重ねだけではなく、周囲にいるひとりひとりを重んじて、つねにあたたかいまなざしを注ぎ、正確無比の人間観察をつづけていたこともまた、あの東江節の原点にある気がしてならない。本書の随所に漂ういわく言いがたいおかしみは、その温徹な視線から生まれたものだ。そして、それこそが、懐の深い訳文、滋味豊かな訳文、強靭で乱れのない訳文をつむぎ出す原動力となっていたと思う。まさしく、文は人なりを体現していた。

一方、見こみのある門下生に対するきびしさは尋常ではなかった。何人かから聞いた話では、的はずれや調査不足の訳文を提出すると、一日に何度も（ひどいときは一時間に何度も）お叱りの電話やメールが来たという。そうやって鍛えられた門下生は、いまでは何人もが一流の翻訳者としてひとり立ちしている。二十一世紀にはいってからの東江さんが、楡井浩一をはじめ、いくつもの変名を駆使して、おもにノンフィクションの仕事を大量に引き受けたのは、チームを組んで共同作業をする門下生たちに多くの機会を与え、経験を積ませるとともに、少しでも生計を成り立たせる足しにしてやりたいという強い思いがあったからだろう。気恥ずかしさゆえに、口では「鉄は熱いうちに冷やせ」だの「出る杭を打ちまくる」だのと言いながらも、全身全霊をもって範を示す人だった。


二〇〇七年七月、東江さんから来たメールに、内視鏡検査とCTスキャンの結果、食道癌《がん》が見つかったと書かれていた。ふだんのメールは軽口のひとつふたつがまぎれこんでいるのが常だったが、さすがにそのときは最小限のことしか書かれていなかった。どういう因縁か、わたしはその翌日から家族で沖縄へ出かけることになっていて、商店の看板などで「東江」という名を見かけるにつけ、東江さんのことがずっと頭を離れなかった。

東京に帰った日、経過報告のメールが届いた。来月手術を受けること、各種の治療をはじめたこと、ごく初期の癌なのでなんの心配もないことなどがユーモア交じりに書かれていて、いつもの東江さんにもどっていた。その後、門下生の人たちといっしょに見舞いに行ったときも、元気すぎるほど元気で、病室にノートパソコンを持ちこんでフル回転で仕事をなさっていた。術後の経過も良好で、少しだけ声がかすれるようになったものの、再発の気配もなく、本書の「冬来たりなば春唐辛子」にもあるとおり、ウィンズロウの『犬の力』の訳出に精力的に取り組んだ。この作品は「このミステリーがすごい！」海外編ベストワンや翻訳ミステリー大賞に選ばれるなど、各方面できわめて高い評価を得た。

二〇一二年に癌の転移・再発が判明したあとも、前向きに治療を受けながら、ほとんどペースを落とすことなく仕事をつづけたが（実のところ、闘病中とは思えないほどずっとお元気だった）、二〇一四年春に病状が悪化し、六月二十一日、帰らぬ人となった。まだ六十二歳の若さだった。亡くなる直前まで訳出に取り組んでいたのが『ストーナー』で、そのときの壮絶なさまは、最後の部分の訳出を託された門下生・布施由紀子さんによるあとがきに記されている。『ストーナー』は、作品の内容と翻訳技術の両方を高く評価され、第一回日本翻訳大賞の読者賞を受賞した。

逝去の数か月後、翻訳ミステリー大賞シンジケートのサイトで「東江翻訳のベスト本を選べ！」という追悼企画が催された。そのとき、サイトの常連寄稿者である書評家七人、翻訳者七人が選んだそれぞれのベスト作品は以下のとおりである（サイトでの掲載順）。

北上次郎『罪の段階』
霜月蒼『ボビーZの気怠く優雅な人生』

千街晶之『殺人探究』
杉江松恋『ごみ溜めの犬』
吉野仁『グリーンリバー・ライジング』
川出正樹『ステーション』
酒井貞道『ストリート・キッズ』

鈴木恵『ストーナー』
田口俊樹『犬の力』
越前敏弥『プレシャス』
加賀山卓朗『鮫とジュース』
白石朗『子供の眼』
横山啓明『ストーン・シティ』『エリー・クラインの収穫』
上條ひろみ『仏陀の鏡への道』

一見してお気づきだろうが、十四人もいて、だれひとりとして同じ作品をあげていない（もちろん、事前の示し合わせなどはなかった）。この事実だけでも、東江一紀がどれほど偉大な翻訳者だったかがわかるだろう。

その一年後、門下生の有志たちと「裏門下生」のわたしは〈ことばの魔術師　翻訳家・東江一紀の世界〉というトークイベントを東京と大阪でおこなった。これには東江さんと交流のあった人たちだけでなく、訳書の愛読者など、計三百人以上が参加し、全国各地で書店の特集フェアや読書会が並行開催された。このときの様子は、わたしの著書『翻訳百景』（角川新書）でくわしく紹介している。また、イベント会場や書店では、東江一紀の名訳集などを載せた無料冊子が配布されたが、これはわたしのブログ「翻訳百景」からいまもダウンロードできる（「ことばの魔術師　東江一紀の世界」というキーワードで検索してください）。

本書の各章に掲載されている文章について、簡単に説明しよう。

「執筆は父としてはかどらず」は、光文社の隔月刊誌「ＥＱ」に連載されたコラム「ほのぼの・しみじみ・うふふ通信」を収録したものだ。翻訳の仕事で多忙をきわめる日々の雑感と、翻訳出版業界の人間模様を土台として、日常の多種多様なエピソードが絶妙のゆるさで語られ、人のよさが随所で顔を出している。当時、これを楽しみに「ＥＱ」を買って、真っ先にページを開いた読者も少なくないだろう。

「お便りだけが頼りです」は、バベル・プレスの月刊誌「翻訳の世界」に連載された「クリティカル・ホンヤク研究室」の再録である。初期には、数語から一行程度の英語表現をお題にして、それに対する訳文を読者から募り、翌月に講評する体裁をとっていたが、途中から、翻訳出版界の折々のトピックにふれながら気軽に翻訳論を語る形に変わっていく。八木谷涼子によるキリスト教雑学講座と交互に掲載された。

「訳介な仕事だ、まったく」は、「クリティカル・ホンヤク研究室」の連載終了後、同じ「翻訳の世界」に連載された「訳業廃棄ブツ辞典」の再録である。「お便りだけが頼りです」の最終回にもあるとおり、東江さんは三省堂の『新明解国語辞典』が大のお気に入りで、辞書形式の連載をみずから提案したという（本書で紹介されている『新明解』は連載当時の第四版だが、その後改訂を重ねて、いまは第七版となっている）。両連載とも、あとへ進むほど駄洒落やことば遊びに磨きがかかっている。

「冬来たりなば春唐辛子」には、東江さんが各所に書いたエッセイのうち、人となりがよくわかるものを集めた。とりわけ、下積み・駆け出しのころについて語った「翻訳修行の冬」には、笑うべきなのか襟を正して読むべきなのかわからない、なんとも奇妙な味わいがある。

「小売りの微少」は、一九九〇年代前半に東江さんが教えていた翻訳学校フェロー・アカデミーの会誌「Amelia」に、訳書が出るたびに寄せていた紹介文の数々である。ほかの連載よりも早い時期に書かれ、「変なおじさん成分」がいささか少なめな気もするが、後年のエッセイに見られる軽妙な筆致の原形がまちがいなくここにある。

「寝耳に蚯蚓」には、東江一紀名義で書いた数多くの訳者あとがきのうち、個性が際立っているものを集めた。特に、デイヴ・バリーによる四作のあとがきは、このエッセイ集のなかでもピカ一のくだら——いや、珠玉の名文なので、まずはその四つから読んでもらってもいいと思う。

「待て馬鹿色の日和あり」は、一九九八年から二〇一四年まで、十七年に及ぶ年賀状「能ヶ谷通信」を集めたもので（喪中のために抜けた年が三年ある）、交流のある人たちはみな、この年賀状が届くのを待ち焦がれていた。途中から文面が半分程度になっているが、これは闘病中だったからではなく、親戚や出版業界外の友人などが、ほんとうに東江家に険悪な関係の居候が何人もいると勘ちがいして心配したため、業界人向けとプライベート、二種類の年賀状に分けて作らざるをえなくなったせいらしい。亡くなった年の最後の最後までことば遊びを織り交ぜているところは、だれからも愛された根っからのエンターテイナーの面目躍如である。

本書を編纂しているとき、こんな本が世に出ることを東江さんが知ったら、どう反応なさるだろうと考えてみた。すぐに答が浮かんだ。これには絶対の確信があった。東江さんはきっと、にやにやしながらこうおっしゃるにちがいない。

「寝耳に蚯蚓でしたよ」

これは東江さんが最も愛した決め台詞のひとつで、わたしは何度も耳にしたことがある（そして、デイヴ・バリー『ビッグ・トラブル』の訳者あとがきで、ついに目にした）。ならばいっそ、本書のタイトルにしたらどうかと思い立ち、作品社に提案したところ、すんなりＯＫが出てしまった。

ほんとうにそんなタイトルでいいのか？

生涯の恩人の業績を後世に伝える本なのに？

でもやはり、これこそが稀代の名訳者にして名エッセイストだった巨星のすべてを凝縮したことばだと思った。

勢い余って、各章のタイトルも、それぞれの章内の文章から引用した駄洒落で統一し、ついでに手製の名刺四枚（実物は手書きだった）までも、最初と最後にさらしてしまった。

東江さん、ごめんなさい。

お詫びに宣伝します。本書を読んで少しでも著者に興味を持ったみなさん、「東江一紀・訳」（楡井浩一でも菜畑めぶきでも河合衿子でも伯山梁でもいいです）と書いてある本を書店で見かけたら、ソッコーで手にとってレジへ向かってください。ジャンルはいろいろあれど、噛めば噛むほど味が出る極上の読書体験をお約束します。

最後に、ずっとご本人に面と向かっては伝えられずにいたひとことを。

東江さん、何もかも、全部、ありがとうございます。

越前敏弥

【初出一覧】

執筆は父としてはかどらず

「ほのぼの・しみじみ・うふふ通信」、「EQ」1995年7月号〜1999年5月号

お便りだけが頼りです

「クリティカル・ホンヤク研究室」、「翻訳の世界」1994年2月号〜1996年4月号

訳介な仕事だ、まったく

「訳業廃棄ブツ辞典」、「翻訳の世界」1996年12月号〜1997年7月号

冬来たりなば春唐辛子

「青年よ、ハンドルをはじけ！」、「翻訳の世界」1994年2月号／女のすなる「アン訳」という所作、おじさん思いて、してみて候」、「翻訳の世界」1995年2月号／「めざせ！　ジョークの市場開放」、「翻訳の世界」1994年2月号臨時増刊／「翻訳修行の冬」、「本の雑誌」1995年2月号／「読む楽しみはあきらめて」、「本の窓」2002年6月号／「ごめんなさい――『犬の力』第1回翻訳ミステリー大賞受賞コメント」、「ミステリマガジン」2010年6月号／「『犬の力』ドン・ウィンズロウ」、「このミステリーがすごい！」2010年版

小売りの微少

「さらば、冒険小説」、翻訳者ネットワーク「アメリア」情報誌「Amelia」1990年10月号／「経済ものを引き受けた経済的事情」、「Amelia」1990年12月号／「30年代ベルリン私立探偵走る」、「Amelia」1992年7月号／「役者冥利に尽きるとき」、「Amelia」1992年10月号／「こんなとこなら住んでみたいか!?」、「Amelia」1993年9月号／「まだまだ先が楽しみな)」、「Amelia」1993年11月号／「一冊で三倍おいしい新人作家」、「Amelia」1993年12月号／『五十年間の嘘』、「Amelia」1995年4月号／『FBIが恐れた伝説のハッカー』、「Amelia」1996年11月号

寝耳に蚯蚓

『ごみ溜めの犬』訳者あとがき、ロバート・キャンベル『ごみ溜めの犬』二見書房（1988年3月）／『デイヴ・バリーの40歳になったら』訳者あとがき、『デイヴ・バリーの40歳になったら』集英社（1992年7月）／『デイヴ・バリーの日本を笑う』訳者あとがき、『デイヴ・バリーの日本を笑う』集英社（1994年2月）／『デイヴ・バリーの笑えるコンピュータ』訳者あとがき、『デイヴ・バリーの笑えるコンピュータ』草思社（1998年6月）／『ビッグ・トラブル』訳者あとがき、デイヴ・バリー『ビッグ・トラブル』新潮文庫（2001年7月）／『ストリート・キッズ』訳者あとがき、ドン・ウィンズロウ『ストリート・キッズ』創元推理文庫（1993年11月）／『仏陀の鏡への道』訳者お詫び、ドン・ウィンズロウ『仏陀の鏡への道』創元推理文庫（1997年3月）／『砂漠で溺れるわけにはいかない』訳者あとがき、ドン・ウィンズロウ『砂漠で溺れるわけにはいかない』創元推理文庫（2006年8月）／『プレシャス』訳者あとがき、サファイア『プレシャス』河出文庫（2010年4月）

【著者・編者略歴】

東江一紀（あがりえ・かずき）

1951年生まれ。翻訳者。北海道大学文学部英文科卒業。英米の娯楽小説やノンフィクションを主として翻訳する。フェロー・アカデミー、のちにユニカレッジで翻訳講座を担当。訳書に、ジョン・ウィリアムズ『ストーナー』、ピーター・マシーセン『黄泉の河にて』（以上作品社）、トム・ラックマン『最後の紙面』（日経文芸文庫）、ガウラヴ・スリ＆ハートシュ・シン・バル『数学小説　確固たる曖昧さ』（草思社）、マイケル・ルイス『世紀の空売り』（文春文庫）、ドン・ウィンズロウ『犬の力』（角川文庫）、『ストリート・キッズ』（創元推理文庫）、リチャード・ノース・パタースン『罪の段階』、デイヴ・バリー『ビッグ・トラブル』（以上新潮文庫）、ネルソン・マンデラ『自由への長い道』（NHK出版、第33回日本翻訳文化賞受賞）など。また「楡井浩一」名義で、エリック・シュローサー『ファストフードが世界を食いつくす』、ジャレド・ダイアモンド『文明崩壊』（以上草思社文庫）、ジョセフ・E・スティグリッツ『世界の99%を貧困にする経済』（共訳、徳間書店）、トル・ゴタス『なぜ人は走るのか』（筑摩書房）など。総計200冊以上の訳書を残し、2014年6月21日逝去。

越前敏弥（えちぜん・としや）

1961年生まれ。文芸翻訳者。東京大学文学部国文科卒業。英米の娯楽小説や児童書を主として翻訳する。朝日カルチャーセンター新宿教室、横浜教室、中之島教室で翻訳講座を担当。著書に、『文芸翻訳教室』（研究社）、『翻訳百景』（角川新書）、『越前敏弥の日本人なら必ず誤訳する英文』（ディスカヴァー・トゥエンティワン）など。訳書に、ダン・ブラウン『オリジン』（KADOKAWA）、同『ダ・ヴィンチ・コード』、エラリー・クイーン『Xの悲劇』（以上角川文庫）、スティーヴ・ハミルトン『解錠師』（ハヤカワ・ミステリ文庫）、E・O・キロヴィッツ『鏡の迷宮』（集英社文庫）、ジェイムズ・キャントン『世界文学大図鑑』（三省堂）、スティーヴン・ローリー『おやすみ、リリー』（ハーパーコリンズ・ジャパン）などがある。

ねみみにみみず

2018年4月30日初版第1刷発行
2018年8月10日初版第4刷発行

著　者　東江一紀
編　者　越前敏弥
発行者　和田肇
発行所　株式会社作品社
〒102-0072　東京都千代田区飯田橋2-7-4
TEL.03-3262-9753　FAX.03-3262-9757
http://www.sakuhinsha.com
振替口座00160-3-27183

装　幀　水崎真奈美（BOTANICA）
本文組版　前田奈々
編集担当　青木誠也、白戸可那子
編集協力　坂本久恵、神田法子、栗岡ゆき子
印刷・製本　シナノ印刷株式会社

ISBN978-4-86182-697-9 C0095

私が訳しました

東《あがり》江《え》一《かず》紀《き》

誤訳・悪訳数知れず。毒訳・爆訳あと絶たず。飛訳・活訳ままならず。死ぬまでずっと訳年の、訳介者の訳立たず。

私が訳しました

東《あがり》江《え》一《かず》紀《き》

人は食っても、ネギは食えない。ワープロは打っても、覚醒剤は打たない。腹は割っても、酒は割らない。適量は常に、次の一杯。

私の教え子が訳しました

哺乳類霊長目ヒト科貧乏人♂

東《あがり》江《え》一《かず》紀《き》

夜は熟していた。大きめのグラスを満たす琥珀の水に、遅咲きの男は酔い痴れた。

大器晩酌、ウヰスキーはニッカ……

【作品社の本】

密告者　フアン・ガブリエル・バスケス著　服部綾乃・石川隆介訳

「あの時代、私たちは誰もが恐ろしい力を持っていた——」名士である実父による著書への激越な批判、その父の病と交通事故での死、愛人の告発、昔馴染みの女性の証言、そして彼が密告した家族の生き残りとの時を越えた対話……。父親の隠された真の姿への探求の果てに、第二次大戦下の歴史の闇が浮かび上がる。マリオ・バルガス＝リョサが激賞するコロンビアの気鋭による、あまりにも壮大な大長篇小説！

ISBN978-4-86182-643-6

逆さの十字架　マルコス・アギニス著　八重樫克彦、八重樫由貴子訳

アルゼンチン軍事独裁政権下で警察権力の暴虐と教会の硬直化を激しく批判して発禁処分、しかしスペインでラテンアメリカ出身作家として初めてプラネータ賞を受賞。
欧州・南米を震撼させた、アルゼンチン現代文学の巨人マルコス・アギニスのデビュー作にして最大のベストセラー、待望の邦訳！

ISBN978-4-86182-332-9

天啓を受けた者ども　マルコス・アギニス著　八重樫克彦、八重樫由貴子訳

合衆国南部のキリスト教原理主義組織と、中南米一円にはびこる麻薬ビジネスの陰謀。アメリカ政府と手を結んだ、南米軍事政権の恐怖。
アルゼンチン現代文学の巨人マルコス・アギニスの圧倒的大長篇。野谷文昭氏激賞！

ISBN978-4-86182-272-8

マラーノの武勲　マルコス・アギニス著　八重樫克彦、八重樫由貴子訳

「感動を呼び起こす自由への賛歌」——マリオ・バルガス＝リョサ絶賛！
16～17世紀、南米大陸におけるあまりにも苛烈なキリスト教会の異端審問と、命を賭してそれに抗したあるユダヤ教徒の生涯を、壮大無比のスケールで描き出す。アルゼンチン現代文学の巨匠アギニスの大長篇、本邦初訳！

ISBN978-4-86182-233-9

ボルジア家　アレクサンドル・デュマ著　田房直子訳

教皇の座を手にし、アレクサンドル六世となるロドリーゴ、その息子にして大司教／枢機卿、武芸百般に秀でたチェーザレ、フェラーラ公妃となった奔放な娘ルクレツィア。
一族の野望のためにイタリア全土を戦火の巷にたたき込んだ、ボルジア家の権謀と栄華と凋落の歳月を、文豪大デュマが描き出す！

ISBN978-4-86182-579-8

メアリー・スチュアート　アレクサンドル・デュマ著　田房直子訳

三度の不幸な結婚とたび重なる政争、十九年に及ぶ監禁生活の果てに、エリザベス一世に処刑されたスコットランド女王メアリー。悲劇の運命とカトリックの教えに殉じた、孤高の生と死。文豪大デュマの知られざる初期作品、本邦初訳。

ISBN978-4-86182-198-1

【作品社の本】

外の世界　ホルヘ・フランコ著　田村さと子訳

〈城〉と呼ばれる自宅の近くで誘拐された大富豪ドン・ディエゴ。身代金を奪うために奔走する犯人グループのリーダー、エル・モノ。彼はかつて、“外の世界”から隔離されたドン・ディエゴの可憐な一人娘イソルダに想いを寄せていた。そして若き日のドン・ディエゴと、やがてその妻となるディータとのベルリンでの恋。いくつもの時間軸の物語を巧みに輻輳させ、プリズムのように描き出す、コロンビアの名手による傑作長篇小説！　アルファグアラ賞受賞作。

ISBN978-4-86182-678-8

ビガイルド　欲望のめざめ　トーマス・カリナン著　青柳伸子訳

女だけの閉ざされた学園に、傷ついた兵士がひとり。
心かき乱され、本能が露わになる、女たちの愛憎劇。
ソフィア・コッポラ監督、ニコール・キッドマン主演、カンヌ国際映画祭監督賞受賞作原作小説！

ISBN978-4-86182-676-4

ウールフ、黒い湖　ヘラ・S・ハーセ著　國森由美子訳

ウールフは、ぼくの友だちだった――オランダ領東インド。
農園の支配人を務める植民者の息子である主人公「ぼく」と、現地人の少年「ウールフ」の友情と別離、そしてインドネシア独立への機運を丹念に描き出し、一大ベストセラーとなった〈オランダ文学界のグランド・オールド・レディー〉による不朽の名作、待望の本邦初訳！

ISBN978-4-86182-668-9

分解する　リディア・デイヴィス著　岸本佐知子訳

リディア・デイヴィスの記念すべき処女作品集！
「アメリカ文学の静かな巨人」のユニークな小説世界はここから始まった。

ISBN978-4-86182-582-8

サミュエル・ジョンソンが怒っている

リディア・デイヴィス著　岸本佐知子訳
これぞリディア・デイヴィスの真骨頂！
強靭な知性と鋭敏な感覚が生み出す、摩訶不思議な56の短編。　ISBN978-4-86182-548-4

話の終わり　リディア・デイヴィス著　岸本佐知子訳

年下の男との失われた愛の記憶を呼びさまし、それを小説に綴ろうとする女の情念を精緻きわまりない文章で描く。「アメリカ文学の静かな巨人」による傑作。待望の長編！

ISBN978-4-86182-305-3